chubyou gekihatsu-boy 6
厨《ちゅう》病《びょう》激《げき》発《はつ》ボーイ
青春症候群
原案：れるりり (Kitty creators)
著：藤並みなと
イラスト：穂嶋 (Kitty creators) こじみるく (Kitty creators)

chubyou gekihatsu-boy
contents

★chubyou gekihatsu-boy characters★
聖《ひじり》瑞《みず》姫《き》
平穏に暮らしたい
女子高生。
すっかり厨二病男子
たちの仲間に。
野田
のだ
野《の》田《だ》大和《やまと》
ヒーローに憧れる
永遠の少年。
世界を救うため、
日々修行中。

chubyou gekihatsu-boy characters
名《な》雪《ゆき》創《そう》思《し》
瑞姫たちのクラスである2-Cの担任。優しそうで知的なイケメン。
木下《きのした》莉《り》夢《む》
魔王を名乗る一年生。正式名は莉《リ》々《リ》夢《ム》=シュテルリーベ=ナイトメサイヤ。

たが、

。

高《たか》嶋《しま》智《とら》樹《き》
二次元しか愛せない
残念系イケメン。
最愛の嫁は「アイライ
ブ！」の空良《そら》ちゃん。
九《つ》十《く》九《も》零《れい》
意味深な言動を繰り
返す黒幕的存在。
…のはずだったが、
最近はイジられ気味。

中《なか》村《むら》和《かず》博《ひろ》
暗黒神を右腕に宿す(?)
孤独な秀才。
真の名は、竜翔院《りゅうしょういん》凍《とう》牙《が》。
厨《みくりや》二《ふた》葉《ば》
リア充かと思われ
実はナルシストな
歌い手（しかも音痴

厨病激発ボーイ

青春症候群

原案／れるりり(Kitty creators)
著／藤並みなと

20724
角川ビーンズ文庫

口絵・本文イラスト／穂嶋（Ｋｉｔｔｙ ｃｒｅａｔｏｒｓ）
イラストカット／こじみるく（Ｋｉｔｔｙ ｃｒｅａｔｏｒｓ）

第一章　魔王？襲来

清々《すがすが》しく晴れ渡《わた》った四月の朝。

今日から高校二年生に進級する私、聖瑞姫《ひじりみずき》は、辺りに広がる鮮《あざ》やかな春の気配に自然と足取りを弾《はず》ませながら、久々の通学路を歩いていた。

ぽかぽかと暖かい日差しに、花壇《かだん》や家の庭先に咲《さ》き乱れる色とりどりの花々……そんなのどかな光景を切り裂《さ》くように、不意に耳障《みみざわ》りなスキール音が鳴り響《ひび》く。

——キイイイーーーッ！

何事かと目を向ければ、道路に飛び出した子猫《こねこ》に向かって、一台の乗用車が突《つ》っ込んでいくところだった。

危ない……！

とっさに「能力」を解放し、車は子猫を轢《ひ》くギリギリ手前で、停止した。

子猫はサッと歩道に移動し、そのままどこかへ逃《に》げていく。

車も、ほどなくして何事もなかったかのように、走り去っていった。

はあーっと思わず、深いため息が漏《も》れる。

聖瑞姫、十六歳。黒髪《くろかみ》のセミロング。身長一六〇センチ。体型は普通《ふつう》。山羊座《やぎざ》のAB型で、趣味《しゅみ》は読書とネット、音楽鑑賞《かんしょう》にジグソーパズルという、生粋《きっすい》のインドア派。

好きな色は水色。好きな花は沈丁花《じんちょうげ》。好きな言葉は「平穏《へいおん》」――なんだけど、穏《おだ》やかならぬこんな能力を持っている。このことは、誰《だれ》にも秘密。

一時期は、自分が異質であることに傷ついて悩《なや》んだりもしたけれど、去年転校してきた今の高校で、居場所を見つけた。

どんなに拒《こば》んでも私を「仲間」だと言ってくれた、ある男子たちと出会ったおかげで……。

色々あったけど、またこの学校に通い続けられることになって、本当によかった。

チラチラとピンクの花弁が舞《ま》う桜並木の道を歩きながら、胸に温かいものが灯《とも》るのを感じていたその時――

「しゅっしゅっしゅっしゅっしゅっ……てやぁー！」

そんな声を漏らしながら、歩道脇《わき》で舞い散る桜の花弁を相手にボクシングをする奇妙《きみょう》な風体《ふうてい》の男子に遭遇《そうぐう》した。

背中部分に「来たれ！　ヒーロー部」というダイナミックな文字が書かれたダンボールの、上部から頭を、左右から両腕《りょううで》を出している小柄《こがら》なその少年は、頭には赤白のウルトラ帽《ぼう》を被《かぶ》り、通り過ぎていく生徒たちから奇異《きい》の目を向けられてもものともせず、真剣《しんけん》そのものの表情で花弁相手に戦っている。

彼こそ、私に居場所を作ってくれた立役者なんだけど……どうしよう、ちょっと仲間と思われたくない……。わずかにためらっていたところ、ふと彼がこちらに気付き、その可愛《かわい》らしい顔がパッと明るく輝《かがや》いた。

「ピンク！　おはよう」

響き渡った声に、ピンク……？　と不思議そうな顔でこちらに注目してくる生徒たちは、まだ彼の言動に不慣れな新入生だろうか。

私は羞恥《しゅうち》で頬《ほお》にかすかな熱が灯るのを感じながらも、笑顔《えがお》で駆《か》け寄ってくるその男子――野田大和《のだやまと》に、「おはよう」と挨拶《あいさつ》を返す。

「野田君、その恰好《かっこう》は……？」

「おれたちもいよいよ二年生、決戦の日が刻々と迫《せま》っているからな！　トレーニングがてらランニングしてきたんだが、ついでに部活の宣伝もしようと思いついたんだ。ちょっとロボットみたいでかっけーだろ！」

額や首筋に玉のような汗《あせ》を浮《う》かべて、カラッと笑う。

ダンボールの前面には、「I　am　a　HELO」と書いてあった。また綴《つづ》り間違《まちが》ってる……。

ヒーローに憧《あこが》れる野田君は、いつか訪《おとず》れる地球の危機を救うため、毎日欠かさず自主トレや必殺技《わざ》の開発に励《はげ》む厨二《ちゅうに》病男子だ。ズバ抜けた運動神経を持っているのだけど、彼はそれ以外にも自分が特撮やアニメのキャラのような不思議な力を使えると信じきっていた。

私たちが通っている皆神《みなかみ》高校で伝説の戦士が集まると思い込み、『ヒーロー部』なんて謎《なぞ》の部活まで立ち上げてしまったのだから、その行動力は半端《はんぱ》ない。

野田君はレッドを自称《じしょう》し、私のことは初対面からピンクと呼んでいた。

もちろん、私が本当に「能力」をもっていることは話していないんだけど、私が時期外れの転校生だったことや初対面の時にものもらいで眼帯をつけていたこと、厨二っぽい名前をしていることなどから、仲間認定《にんてい》されたようだ。

最初は抵抗《ていこう》のあったあだ名だけど、いくら拒絶《きょぜつ》してもしつこく呼んでくるので、私も諦《あきら》めて受け入れた……それでも、大勢の前で呼ばれると、やっぱり恥《は》ずかしいんだけど。

「あんまりのんびりしてると遅刻《ちこく》するぜ」

チリンチリン、とベルが聞こえて振《ふ》り返ると、自転車のサドルにまたがったやたらと見目がいい金髪《きんぱつ》男子がすうーっと近づいてきた。

「おお。おはよう、イエロー！」

「里桜《りお》をあんまりイライラさせんなよ。あいつ、責任感強すぎるから、遅刻者が多いとマジで凹《へこ》むんだよ……」

「ごめん、里桜って誰？」

「あれ、まだ紹介《しょうかい》してなかったっけ？『アイライブ！オーシャン』の新一年生、風紀委員の上田《うえだ》里桜！」

嬉々《きき》としてスマホゲームを起動して、画面に現れた美少女キャラを見せてきた彼の名は、高嶋智樹《たかしまともき》。華《はな》やかで端整《たんせい》な顔立ち、すらりと均整の取れたモデル体型というせっかくの容姿に恵《めぐ》まれながらも、二次元の美少女たちを自分の彼女だと思い込み、日々駄目《だめ》な妄想《もうそう》に花を咲かせる重度のオタクだ。ヒーロー部のイエロー。

「ところで聖、セーラー服やめたのか？」

「うん、あれは転校前の制服だったしね」

進級を機にリニューアルした私の新しい制服風ファッションを見て、「いいじゃん」と微笑《ほほえ》む高嶋君は、今この瞬間《しゅんかん》だけ切り取れば文句なしのイケメンなんだけど……。

「空良《そら》ちゃんもこの春から髪型《かみがた》をマイナーチェンジしたんだぜ！　ほらほら見ろよ、はい可愛い〜どうしたって可愛い〜空良ちゃん天使過ぎてしんどい無理……！」

待ち受けにした『嫁《よめ》キャラ』のイラストを見つめながら、壊《こわ》れたテンションでハアハアと息を乱す高嶋君は、文句なしにキモかった。

色々と残念な男子二人とともに校門を抜《ぬ》け、校舎へと向かっていくと、昇降口《しょうこう》の前にたくさんの生徒たちが溜《た》まっていた。

掲示板《けいじばん》に貼《は》り出された新クラスの名簿《めいぼ》を見ているようだ。(ちなみにうちの高校は進学校だが、三年間文理によるクラス分けは行わず、代わりに二年生からそれぞれの志望に合わせて履修《りしゅう》科目を選んで授業を受けることになっている。)

えーと、私は……2-Cだ。野田君と高嶋君も去年と同じC組みたい。

他《ほか》には……と紙面に目を走らせていたら、突然《とつぜん》、お馴染《なじ》みの男子の大声が耳に飛び込んできた。

「うがあああああっ、鎮《しず》まれ、ギルディバラン……!」

まるで暴れ回るように動く右腕《みぎうで》を左手で押さえながら叫《さけ》ぶ、学ランを着た眼鏡男子は、もちろんこの人――中村和博《なかむらかずひろ》。別名「竜翔院凍牙《りゅうしょういんとうが》」を名乗り、右腕に暗黒神を宿した孤高《ここう》の黒騎士《きし》だの、天使と悪魔《あくま》のハーフだのといった様々な自分設定に浸《ひた》りきる、成績は学年トップながら痛さもぶっちぎりでトップのヒーロー部のブラックだ。

ことあるごとに呪《のろ》われた右腕の暴走とともに叫び声をあげるので、新入生はともかく二、三年生は（またか……）ともはや無反応なのだが、唯一《ゆいいつ》野田君だけが顔色を変え、「大丈《だいじょう》夫《ぶ》か、ブラック！」と彼のそばに駆けつけた。

「野田……大和か。俺はブラックではない……竜翔院、凍牙だ……クッ！」

「苦しいのか、ブラック！」

野田君も、わりと強情《ごうじょう》だよね。

「おれに何かできることはあるか⁉」

「フッ……俺は借りを作らない主義だが……今日ばかりは仕方、あるまい。貴様の光の力とやらを、俺に貸せ……！」

「よし、任せろ！　はあああああ！」

中村君の右腕の周りに両手をかざし、気合いを込めて雄叫《おたけ》びをあげる野田君。

「ぐおおおおーーー！」

「きええええーーー！」

生き物のように動く右腕を必死に制御《せいぎょ》するような仕草を見せる中村君と、全身全霊《ぜんれい》で見えないパワーを注ぎ続ける野田君。

やがて、ふっと眼鏡男子が力尽《ちからつ》きたように崩《くず》れ落ち、あわてて野田君がその細身の体を支える。

「ブラック！　しっかりしろ、ブラック！」

「ハアハア……なんとか、危機は脱《だつ》したようだ……礼を言うぞ、野田大和」

「水臭《みずくさ》いぜ、ブラック。仲間だろ！」

「フン……だが俺は、竜翔院凍牙だ……」

息を乱し、汗《あせ》を拭《ぬぐ》いながら笑い合う二人。

えーと、本日の小芝居《こしばい》はとりあえず一件落着かな？

「ほんとあいつら、進歩がないよね」

「人のこと言えんのか？」

ため息交じりの皮肉っぽい声と、ややハスキーな低音美声が聞こえて横を見上げると、見知った長身の男子二人がすぐ近くにきていた。

ブラックコーヒーの缶《かん》を片手に、大げさに肩《かた》をすくめる奇抜《きばつ》な服装の赤髪《あかがみ》男子が九十九《つくも》零《れい》。何事も斜《しゃ》に構えては、全《すべ》てを見通したような態度をとり、あえてマニアックなものを好むことで「人とは違《ちが》う自分」を演出したがる彼も、ある意味古式ゆかしい厨二《ちゅうに》病。ヒーロー部のパープル。

その隣《となり》で、ギターケースを肩にかついだどこか気だるげなオリーブ色の髪の男子が厨《みくりや》二葉《ふたば》。なんでもできる美形エリートだけど、俺様なナルシストで【†刹那《せつな》　騎悧斗《きりと》†】というアレなハンドルネームで歌い手として活動する、これまた非常に残念なイケメン。ヒーロー部のグリーン。

「おはよう、九十九君、厨君」

「おはよう、聖サン、ついでに高嶋。――同じクラスだね」

そう、今年は九十九君も同じ2-Cになったのだ。他にはアリスちゃんと景野《かげの》君も一緒《いっしょ》。

「うん。これからは教室でも、よろしくね」

「なんだよ『ついで』って。でも、よかったな〜、九十九」

「念願の同クラだな」

「っ……ハア？」

ニヤニヤしながら肩と背中を叩《たた》いてくる高嶋君と厨君に、やや焦《あせ》った様子で顔をしかめてみせる九十九君。そうか、去年は一人、別のクラスだったもんね……中村君もだけど。

「一緒になれて、よかったね」

「……！」

思わず頬《ほお》をゆるめてそう言うと、九十九君は絶句してから、視線を逸《そ》らして「……まあね」と呟《つぶや》いた。そんなに照れることないのに……九十九君って、本当に天邪鬼《あまのじゃく》だよね。

「……これ、気付いてないんだよな、聖……」

「だろうな……てか、高嶋は気付いてたんだ？」

「そりゃ見てたらわかるだろ。大和と竜翔院はどうか知らないけど」

「何話してるの？」

野田

「気にするな。そーいえば厨は何組?」

「2-A。中村と一緒だな」

苦笑《くしょう》しながらボソボソと囁《ささや》き合っていた高嶋君と厨君は、私が尋《たず》ねるとしれっとした様子であからさまに話題をそらしてしまった。

なんなんだ……と首を傾《かし》げていたら、「パープル、グリーン、きたか!」と野田君の弾《はず》んだ声が響《ひび》いた。

「これでヒーロー部全員集合だな。新ステージでも地球の平和のため、全力で戦い抜こうぜ!」

野田君、お願いだからもう少しボリュームを落として……!

新入生がめっちゃ見てるよ~。

☆★☆

うちの学校では本校舎の四階が一年生、三階が二年生、二階が三年生の教室というように若いほど階段を上らされる仕組みになっている。四階ってけっこうしんどかったので、進級してよかった、と一番思えるのは、この点かもしれない。

ちょっと学内でのステイタスが上がった感じ……教室の階層は下がってるんだけど。

「瑞姫ちゃん。一緒ですわね」

2‐Cの教室に入ると、艶《つや》やかな栗色《くりいろ》の髪をサイドテールにした翠《みどり》の瞳《ひとみ》の美少女、西園《さいおん》寺《じ》アリスちゃんが満開の桜のような笑顔《えがお》で迎《むか》えてくれた。

「うん、嬉《うれ》しい。これからもよろしくね」

「こちらこそ。野田君、九十九君……た、高嶋君も一緒なんて、予想外でしたわ。どうかクラスメートに迷惑《めいわく》をかけるようなことはしないでくださいませね！」

私に向けていた笑顔から一転して、こわばった表情でそんなことを言ってしまうアリスちゃん……なんの因果か好きになってしまった高嶋君を前にすると、ツンツンしてしまうのは相変わらずみたいだ。

「そんなこと言ってこの人、クラス発表見た時は大喜びしてたよ」

呆《あき》れたような口調で会話に入ってきたのは、近くの席に座っていた景野君。

アリスちゃんと一緒に生徒会に所属している、ブラコンの眼鏡男子だ。

「景野！　そ、それは貴方《あなた》の見間違《みまちが》いですわ！」

「あと西園寺さんって去年の前半休みがちだったせいか同学年ではわりとぼっちだから、仲良くしてあげて」

「貴方に言われたくありません！」

景野君、いつのまにか被《かぶ》ってた猫《ねこ》がすっかり剝《は》がれてるみたい。でも、こっちの方がしっくりくる感じだし、なんだかんだで二人とも仲良さそうだ。

「……まー、せっかく同じクラスになったんだし、二人ともよろしくな。つーわけで景野、『アイライブ！』やってみないか？」

高嶋君、布教に励《はげ》んでる場合じゃないかもよ？　ぼやぼやしてるとアリスちゃんとられちゃうかも……って、高嶋君の本心は謎《なぞ》なんだけど。

程《ほど》なくして始業のチャイムが鳴って、みんな慌《あわ》てて指定の席に着いた。

ガラリと扉《とびら》が開き、白衣を着た教師が教室に入ってくる。

初めて見る、若い先生だ。新任かな？

サラサラの薄茶《うすちゃ》の髪、滑《なめ》らかな白い肌《はだ》など全体的に色素が薄《うす》い感じで、体型はかなり細身。

派手さはないが知的な印象を与《あた》える整った面立《おもだ》ちの、塩顔のイケメンだ。

「初めまして。この２‐Ｃの担任をすることになった、名雪創思《なゆきそうし》です」

思慮《しりょ》深そうな瞳でクラスを見回しながら穏《おだ》やかな口調でそう告げてから、黒板に大きく名前を書く。へえ……苗字《みょうじ》に雪って綺麗《きれい》。

「今年の三月に大学を卒業したばかりの新任ですが、皆《みな》さんと一緒に、僕も成長していけたらと思ってます。実は、この皆神高校の卒業生なんですよ……だからＯＢとして、皆さんと近い目線で考えることもできると思うので、困ったことなどがあればなんでも相談してもらえると嬉しいです」

人当たりのいい、やわらかな笑顔で話す様子を見て、よかった、いい先生に当たったかも……とホッとした。

「担当は物理ですので、理系志望の人たちは授業も一緒になりますね。――それでは、今から出欠をとるので、今日は紹介《しょうかい》もかねて、呼ばれたら立ち上がって返事をしてください。そして一年生の時のクラスと、部活の名前だけ、言ってもらうことにしましょう」

あ、詳《くわ》しい自己紹介はしなくていいんだ。それは助かる……！

出席番号順に名前が読み上げられていって、高嶋君も九十九君も野田君も、特に問題を起こすことなく挨拶《あいさつ》を終える。

「――聖瑞姫さん」

「はい。去年は１‐Ｃでした。部活はヒーロー部と園芸部に入っています。よろしくお願いします」

教室をサッと見回しながらそう言って、先生の方に視線を戻《もど》したところで、ヒヤッと冷たいものが背筋を奔《はし》った。

それまで優《やさ》しげに和《なご》んでいた名雪先生の瞳が、一瞬《いっしゅん》だけ、鋭《するど》い光をもって私を見つめていたように思えたからだ。

まるで、値踏《ねぶ》みするような、冷徹《れいてつ》な眼差《まなざ》し――。

けれど、え、と思った時にはもう、そんな気配はどこにもなくて、先生は穏和《おんわ》な笑みをたたえていた。

「ありがとうございます。次――」

何、今の……気のせい、かな……？

昼休み。出席番号順で野田君と私が前後ろの席だったので、高嶋君や九十九君、アリスちゃんに景野君の四人も私たちの周りにきて、一緒《いっしょ》に昼食を摂《と》った。

「昨日が入学式だったんだよね。生徒会役員は出席したんだろう？　見どころのありそうな一年生はいたかい？」

九十九君の質問に、「見どころ……？」とアリスちゃんが小首を傾げる。

「なんでもいいよ。何かやらかしたとか、目立ってたとか……」

「そういうことでしたら、一番目立っていたのはドレスを着ていた子ですわね」

ドレス⁉

「ゴスロリってやつだね。しかも銀髪《ぎんぱつ》」

景野君の相槌《あいづち》に、更《さら》に驚《おどろ》く。それは目立つな。

「思わず名前調べちゃったよ。『木下莉夢《きのしたりむ》』っていうらしい」

「へえ……ゴスロリ、いいよな。どっちかっつーと俺はメイド服のがいいけど。空良ちゃんのメイド服回はもうもう可愛《かわい》いの暴力で、俺の心に永久禁固刑《けい》だぜ……」

「それにしても、おれたちもいよいよ先輩《せんぱい》になるんだと思うと感慨《かんがい》深いな」

焼きそばパンにかぶりつきながら、野田君が言う。

彼は下手したらまだ小学生って言っても通用しそうだもんね……確かに不思議な感じだ。

「末永い平和を維持《いじ》するには、次世代のヒーローも育てる必要がある。これからは、後輩《こうはい》を導いてやれる力も磨《みが》かなきゃな！」

「え、ヒーロー部ってオレたちの代で終わりじゃないの？」

「そんなわけないだろう！　おれたちは礎《いしずえ》に過ぎない。ヒーロー部の伝統は未来へつながり、その光の絆《きずな》は全国、そして世界の高校へ――やがて、正義の心が地球を一つにするんだ！」

どんだけ壮大《そうだい》なんだ！

「そのためにもまず、ヒーロー候補生となる新入部員をたくさん呼び込もう。今日の放課後は新たなミッションに向けて作戦会議をするぜ！」

立ち上がり、椅子《いす》の上に片足を乗せて熱く語る野田君。

張り切ってるなあ……。

☆★☆

「駆逐《くちく》してやる！　テストなんて……ひとつ残らず！」

舞台《ぶたい》の上でかの超人気漫画《ちょうにんきまんが》の調査兵団のコスプレをした高嶋君が言い放つと、客席から笑い声が起こった。

始業式から一週間が経《た》ち、今は体育館で新入生に向けた部活動紹介の真っ最中。

野田君があの日言っていた『ミッション』っていうのは、この部活動紹介のことだった。まともな議題でビックリしたのはここだけの話。

とはいえ、ヒーロー部の出番はまだ少し先で、高嶋君以外のヒーロー部員は客席で出番を待っている状態。今パフォーマンスをしているのは漫画研究部だ。

高嶋君は実は漫研《まんけん》も兼部《けんぶ》していて、普段《ふだん》そっちの方はほぼ幽霊《ゆうれい》部員なんだけど、そのルックスを買われて今回の寸劇に出演を熱望されたらしい。確かに華《はな》はあるよね。

劇の内容は、テストという巨大《きょだい》な敵に必死に抗《あらが》い、コミケという自由の海への憧《あこが》れを胸に戦う少年たち……という馬鹿馬鹿《ばかばか》しいものだったけれど、こういう場ではノリが命なのだろう。観客の反応も温かく、なかなかに受けていた。

最後の台詞《せりふ》は、「漫研に心臓を捧《ささ》げよ！」。


「次は吹奏楽部《すいそうがく》です」

アナウンスの後、それぞれの楽器をもった吹奏楽部の生徒たちが舞台脇《ぶたいわき》から登場し、最後に眼鏡をかけた学ラン姿の男子が、ステージ脇のピアノの椅子に腰《こし》かけた。

「中村君……!? 彼、吹奏楽部もやっていたのですか？」

目を瞠《みは》るアリスちゃんに、私は「ううん」と首を振《ふ》り、説明する。

「私も知らなかったけど、中村君、ピアノが得意なんだって。で、どうしても弾《ひ》きたいピアノ協奏曲があるっていう部員のラブコールを受けて、今回だけ、仮入部して一緒に演奏することになったみたい」

「まあ……すごいですわね、ヒーロー部。方々で大活躍《だいかつやく》ではありませんか」

「うーん、活躍……できたらいいんだけど……」

行動が読めない人たちだから、正直不安だ……。

部長が普段の活動内容などをマイクで説明した後、演奏スタート。

――すごい。本当に上手だ、中村君！

鍵盤《けんばん》の上を縦横無尽《じゅうおうむじん》に行き来する指先、溢《あふ》れ出る流麗《りゅうれい》な旋律《せんりつ》。

弾きながら物凄《ものすご》く体が揺《ゆ》れまくっているのと、表情が陶酔《とうすい》しきっているのがおもしろいけど……かなりの腕前《うでまえ》なのは間違《まちが》いなかった。

吹奏楽部の皆《みな》さんも、日頃《ひごろ》の熱心な活動がうかがい知れる素晴《すば》らしい演奏である。

時に甘く優雅《ゆうが》に、時に激しくドラマティックに……ジャン！　と曲が終わると同時に、わあっと万雷《ばんらい》の拍手《はくしゅ》が鳴り響《ひび》く。

まさか中村君にこんな才能があったなんて……！

私も夢中で拍手を送っていたけれど、誇《ほこ》らしげな顔で喝采《かっさい》を浴びていた中村君が、再び席についてジャーン！　ジャーン！　と不協和音を奏で出したので、驚いた。

何事⁉

「この曲は……ＦＦⅥのラスボス曲『妖星乱舞《ようせいらんぶ》』……！」

普通《ふつう》の服に着替《きが》えて席へ戻ってきた高嶋君が、目を瞠りながら呟《つぶや》く。

吹奏楽部員たちや司会者も啞然《あぜん》としている様子を見るに、すっかり舞《ま》い上がって自分の世界に入った中村君は、本来の予定にないのに勝手に独演会を始めてしまったようだ。

中村君はおどろおどろしく怪《あや》しい雰囲気《ふんいき》たっぷりのゲーム音楽をまるで何かにとり憑《つ》かれたようなオーバーアクションで一曲弾き切って、それでもまだ弾き足りない様子だったけれど、「はい、ありがとうございました。次はボードゲーム同好会です！」という有無《うむ》を言わせぬ司会のアナウンスと、吹奏楽部員たちに引きずられる形で、強引《ごういん》に退場させられていった。

……普通に終われてればカッコ良かったのに……！

その後、オカルト研究会、無線同好会、アマレス部が発表を終え、とうとうヒーロー部の番が回ってきた。……うちの高校って、なんか、マニアックな部活が多い気がする……

いや、ヒーロー部も大概《たいがい》だけどね？

「次はいよいよ、おれたちの番だ……これまでの血と汗《あせ》と涙《なみだ》に満ちた長い訓練の日々の総決算。ここに全《すべ》てをぶつけるんだ！」

舞台袖《ぶたいそで》で、厨病《ちゆうびよう》ボーイズ全員で円陣《えんじん》を組みながら、燃える瞳《ひとみ》で野田君が息巻く。

『長い訓練の日々』って、せいぜい一週間、しかもみんな好き勝手に実現不可能な意見ばっかり出すからなかなか企画《きかく》がまとまらず、ほとんどぶっつけ本番なんだけど……。

「新入部員を大量にゲットだぜ！　いざ尋常《じんじよう》に——勝負！」

「「「「おう！」」」」

ヒーロー部のステージは『考えるな、感じろ！』という某《ぼう》カンフースターのようなコンセプトの下《もと》、説明など一切《いつさい》なしで唐突《とうとつ》な野田君の一人エアヒーローショーから始まった。

「一つ、人より力持ち。二つ、不屈《ふくつ》の闘争心《とうそう》。三つ、みんなの笑顔《えがお》のために……おれ、推参！」

ビシイッとポージングを決めてから、見えない敵を相手に、「はあっ」「やあっ」「とうっ」と戦い続ける野田君。しかし。

「ぐっ……あああああああ！　……――ハアッハアッ、こいつら……強い……！」

どうやらいつしかピンチに陥《おちい》ったらしい……舞台上をのたうち回っていた野田君が、悔《くや》しげに呻《うめ》いたその時。

「――諦《あきら》めるな、レッド！」

そんな叫《さけ》び声とともに、舞台が暗転し、スポットライトによって他《ほか》の部員たちが順番に照らされていく。

「二次元愛は無限大……気高きイケメンアイライバー。ヒーロー部イエロー！」

「総《すべ》ては闇《やみ》から生じ、闇に還《かえ》る……罪に濡《ぬ》れし流離《さすら》いの堕天使《だてんし》。ヒーロー部ブラック！」

「その名は虚無《きよむ》と数多《あまた》の二律背反……たまには偽善《ぎぜん》も悪くない、か。ヒーロー部パープル！」

「俺が歌えば荒野《こうや》も芽吹《めぶ》く……セクシー・ア～ンド・パーフェクト。ヒーロー部グリーン！」

「みんな！　……そうだな、おれとしたことが……諦めてたまるか！
赤い炎《ほのお》は勇気のしるし……正義のパワーで悪を絶つ！　ヒーロー部レッド！」

「「「「我ら、皆神高校ヒーロー部！」」」」

こうして、野田君も元気を取り戻《もど》し、仲間たちと力を一つにして相変わらず見えない敵を必殺技《わざ》で倒《たお》す……という脚本《きゃくほん》・演出全《すべ》て野田君プロデュースのパフォーマンスを全員大《おお》真面目《まじめ》にやり遂《と》げた。果たして客席の反応は——

——シーン……。

滑《すべ》った。完膚《かんぷ》なきまでに滑った。
客席の新入生はざっと見て、ポカーンとしてる勢が半分、ドン引きしてる勢が半分。
私は全力で出演を断ったため舞台袖で見ているだけだったのだけど、それでも居たたまれなくなるくらい、あの時の会場は終始冷え冷えとしていた。もう未曾有《みぞう》の大事故である。

思い出すのも苦しいので、これ以上の描写《びょうしゃ》は省略します……。

☆★☆

放課後のヒーロー部は、さすがにみんな落ち込んでいて、空気もどんよりしていた。

「うーむ、やはり必殺技の名前は『アルティメットサンダー』よりも『天地《てんち》皆神《みなかみ》稲妻炎《いなずまえん》上破《じょうは》』にすべきだったか……」

腕組みしながら眉《まゆ》を寄せる野田君に、「そーゆー問題じゃないだろ!」と九十九君が食い掛《か》かる。

「だからオレは反対したんだよ。絶対二百パーセント失敗するって――」

「仕方ねーだろ、いつまでたっても全然意見が合わなくて、くじ引きで決まった奴《やつ》のアイディアで勝負するって決めたんだから。空良ちゃん、俺を癒《い》やしてくれ……って画面フリーズ!? 空良ちゃんまで凍《こお》り付く!?」

スマホを手に悲痛な声をあげる高嶋君。

「ガッデム! 俺の弾《ひ》き語りにしておけばこんなことには……」

「とりあえず、新入部員獲得《かくとく》への道は、険しいものになったと言えるだろう――苦難の道《ヴィア・ドロローサ》、というやつか」

悔しそうに悪態をつく厨君に、芝居《しばい》がかった仕草で頭《かぶり》をふる中村君。

私はせめて少しでも気分転換《てんかん》になれば、と急須《きゅうす》からみんなのカップにお茶を注ぐ。

ずずっと一口お茶をすすった後――

「「「「はあ～……」」」」

全員の重いため息が、思いっきりかぶった。


「……あ！」

不意に声をあげた野田君の顔が、みるみる青くなっていく。え、なになに？

「すまん、ピンクの引っ越《こ》し騒動《そうどう》や新歓《しんかん》のことで頭がいっぱいになって忘れてた！　ヒーロー部の顧問《こもん》の古川《ふるかわ》先生、この春で定年退職になったらしい」

ええっ、といっせいに驚《おどろ》きの声があがる。

「――いたのか、顧問！」

「この部室で生体反応を感知したことは皆無《かいむ》だったが……」

「まー、ぶっちゃけ、いても何するって感じだよね」

「世話になった覚えはゼロだが、離任式《りにんしき》で餞別《せんべつ》にフラワーくらい渡《わた》すか？」

みんな酷《ひど》いな……とツッコみたいところだけど、実は私も顧問がいたなんて初耳だった。

でもそっか、普通《ふつう》いるよね、顧問の先生は。

「ああ、花もそうなんだが、早いところ新しい顧問を見つけなきゃ――」

野田君がそこまで言いかけた時、突然《とつぜん》、バン！　と大きな音とともに部室のドアが開いた。

何事か、と一同の視線が集まった先に現れたのは――たくさんのレースやフリルで装飾《そうしょく》された黒のドレスを纏《まと》う、小柄《こがら》なゴスロリ少女だった。

透《す》き通るように白くきめ細かい肌《はだ》。ほっそりとした華奢《きゃしゃ》な姿態。頭にはヘッドドレス。

衣装《いしょう》効果も相まって人形めいた雰囲気《ふんいき》を持つ、かなりの美少女だ。

繊細《せんさい》な長い睫毛《まつげ》に縁《ふち》どられた大きな右目はガラス玉のような赤紫色《あかむらさきいろ》、左目には黒い眼帯。

そして、両耳の横でツインテールに結ばれてゆるやかにウェーブした長く艶《つや》やかな髪《かみ》は、異世界感の強い銀色だった。

……もしかしなくてもこの子、アリスちゃんたちの言ってた、ゴスロリ新入生？

名前は確か、木下莉夢ちゃん、だっけ。

一同の視線を集めながらゆっくりと部室の四分の一……畳《たたみ》になるところの手前まで入ってきた莉夢ちゃんは、そこで室内を見まわすと、かすかに唇《くちびる》の端《はし》を上げ、高らかに声をあげた。

「妾《わらわ》は魔王《まおう》……莉々夢《リリム》＝シュテルリーベ＝ナイトメサイヤ」

……うわあ……。

仰々《ぎょうぎょう》しく名乗られたそれに、顔を覆《おお》いたくなる。わかりやすい。実にわかりやすく、この子もまたどこからどう見てもコッテコテなあの病気の罹患者《りかん》だ。

「ま、魔王、だと……!?」

「入部希望者か？」

ゴクリ、と真剣《しんけん》な顔で大きくつばを飲み込む野田君の横で、厨君が尋《たず》ねると、莉夢ちゃんはククッと不自然な笑い声を漏《も》らした。

「笑止《しょうし》！　魔王がヒーロー部などに入る所以《ゆえん》がどこにあるのじゃ」

『のじゃ』……！

「リリム……ユダヤ教の伝承によるとアダムの最初の妻リリスがサタンと性交を繰《く》り返した結果生まれた悪魔たち、リリンの別称《べっしょう》。ドイツ語で『死ぬ』を意味するシュテルベン、『口づけ』を意味するリーベでシュテルリーベ、更《さら》にナイトメアとメサイヤを融合《ゆうごう》させたナイトメサイヤで、いわば死の接吻《せっぷん》、悪夢の救世主……といったところか」

クイッと眼鏡のブリッジを押し上げながら中村君が名前の解説をすると、キランと莉夢ちゃんの赤紫の目が光った気がした。

「ほう……流石《さすが》じゃ。やはり、妾の慧眼《けいがん》に狂《くる》いはなかった」

莉夢ちゃんは満足そうに口元をゆるませると、眼帯の縁《ふち》に手をかけた。

瞬間《しゅんかん》、中村君がハッと表情をこわばらせ、声を張り上げる。

「――いかん、みんな、目をそらせ！　奴の邪眼《じゃがん》に操作されるぞ！」

は？　とポカンとした直後、「カーッカッカッカ……」とこれまた不自然な大笑いが部室に響《ひび》き渡る。

「安心せい。この《目》は初対面の輩《やから》に見せてやるほど安くない。じゃが、この《目》の力に即座《そくざ》に気付くとはのう……伊達《だて》に『あれ』を右腕《みぎうで》に飼っているわけではないらしい」

「貴様……この俺の右腕に封《ふう》じられし暗黒神ギルディバランの存在をなぜ知っている!?」

「気配を感じるのじゃ……邪悪で獰猛《どうもう》な、極上《ごくじょう》の闇《やみ》の匂《にお》いを、な」

顔色を変える中村君に、したり顔で答える莉夢ちゃんだけど……今日も部活動紹介《しょうかい》が始まる直前、体育館で「俺の右腕が……！」って大騒《おおさわ》ぎしてたからだと思うよ？

「突然の魔王襲来《しゅうらい》……さすがのおれも驚いたが、いったい、何が狙《ねら》いだ!?」

「うぬらに用はない」

油断なく身構えながら尋ねた野田君に莉夢ちゃんは素っ気なくそう返すと、中村君を見《み》据《す》えて顎《あご》を上げ、居《い》丈高《たけだか》に言い放った。

「中村和博。妾はそなたを『魔王部』に引き抜《ぬ》きにきたのじゃ」

——『魔王部』⁉　って何⁉

「右腕の件にしてもそうじゃが、そなたを見た時、シンパシー……とでもいうのか？　まぎれもない闇の波動を感じたのじゃ……中村よ、そなたは妾と同じ眷属《けんぞく》。こちら側の人間じゃ」

うん……まあ、それは間違《まちが》いないよね。絶対、誰《だれ》が見たって完全に同族。

「ふざけるな！　ブラックは、おれたちの仲間だ！　闇堕ちなんてさせてたまるか！」

「……闇、堕ち……！」

慌《あわ》てた様子で野田君が声をあげた直後、ブルブルッと身震《みぶる》いした中村君がかすかに頬《ほお》を紅潮させて呟《つぶや》いた。どうやらそのワードがツボにハマったようだ。

「大和の言う通りだ。かつて仲間だった者同士が訳あって敵味方に分かれて戦うことになるとか、やるせなくもクッソ燃える展開だけど、それとこれとは別問題だぜ！」

「……引き裂《さ》かれた盟友……廻《まわ》りだす残酷《ざんこく》な運命の歯車……」

陶然《とうぜん》とした表情で呟いていた中村君は、「ハッ、俺は何を⁉」と我に返ったように額を押さえる。野田君も高嶋君も、逆に中村君をその気にさせちゃってるよ？

「つーか、なんだよ、その『魔王部』って。そもそも新しい部活をつくるにはメンバーが六人いるんだぜ？　当てはあるのか？」

醒《さ》めた口調で厨君が指摘《してき》すると、莉夢ちゃんはまたクッとわざとらしく笑って頷《うなず》いた。

「無論じゃ。——出《い》でよ、我が忠実なる下僕たち、モブ4《フォー》よ！」

直後、開かれたままの扉《とびら》から、新たに四人の男子が飛び込んできて、莉夢ちゃんの背後の床《ゆか》に並んで片膝《かたひざ》をつき、首《こうべ》を垂れた。

「「「「ははあーっ」」」」

何この人たち……四天王的な⁉　今までずっと外に待機してたの⁇

ちなみに服装は全員、いたって特徴《とくちょう》のない普段《ふだん》着である。

「『モブ4』……？」

眉《まゆ》をひそめる厨病《ちゅうびょう》ボーイズに、「うむ」と莉夢ちゃんは得意げに胸を張った。

「妾の美貌《びぼう》と絶大なる力の前に膝を折る四人の忠臣……それぞれ右から佐藤《さとう》！　鈴木《すずき》！　田中《たなか》！　高橋《たかはし》！」

……全国の佐藤さんたちには申し訳ないけど確かにモブっぽい……！

モブっぽいけど、彼らはいいのかそんな扱《あつか》いで！

「なるほど、『中村』も平凡《へいぼん》な苗字《みょうじ》だからここに交ぜてもなんの違和感《いわかん》もない……！」

ハッとしたような九十九君の言葉に、「そういうことじゃ」と同意する莉夢ちゃん。

そういうことなの!?

「素養も苗字も申し分ない……中村和博よ。そなたなら、すぐにでも我が魔王軍のナンバー2《ツー》にしてやろう」

「……ふ、ざけるな……！」

グッと両手で拳《こぶし》を握《にぎ》り、怒《いか》りの表情で中村君が呻《うめ》いた。

「だいたい中村和博は便宜上《べんぎじょう》の名称《めいしょう》。この俺の真名は──竜・翔・院……凍牙だ！」

ビシイッと大きな動作で決めポーズをしながら、言い放つ。

先ほどまでちょっと揺《ゆ》れていたのも、平凡扱いで帳消しになったようだ。

「フッ、いくら拒《こば》んだところで、そなたは闇に魅入《みい》られ、闇でしか生きられぬ宿命《さだめ》……無《む》駄《だ》な足掻《あが》きというものじゃ。無知蒙昧《むちもうまい》な輩が蔓延《はびこ》るこのくだらぬ世界を、ともに絶望と混《こん》沌《とん》に満ちた甘美な純黒に染め抜《ぬ》こうぞ」

「そんなこと、させてたまるか！」

憤然《ふんぜん》と声をあげたのは、野田君だ。

「ヒーロー部として、おまえたちの野望を見過ごすわけにはいかないし、友として、ブラックを悪の組織に関《かか》わらせるわけにもいかない！」

「ほう……ならば、どうすると？」

「ヒーロー部VS魔王《まおう》部で、勝負だ！」

バーン、と効果音が鳴りそうな勢いで、莉夢ちゃんを指さして告げる野田君。

「莉々夢＝シュテルリーベ＝ナイトメサイヤ……貴様の審美眼《しんびがん》は評価に値《あたい》する。この逸材《いつざい》を欲《ほっ》する気持ちも痛いほどわかるが、ヒーロー部が勝利したら俺のことはきっぱり諦《あきら》めてもらおう」

相変わらず自己評価が高い中村君……よく自分のことをそこまで言えるよね……。

二人の提案に、莉夢ちゃんがニタリ、と悪そうな笑《え》みを浮《う》かべた。

「おもしろい……妾《わらわ》たちが勝てば、中村はこちらの駒《こま》となる。それと同時に、ヒーロー部も解散する、という条件でどうじゃ？」

えっ、解散⁉　一気にそこまで⁉　……と驚《おどろ》いたけど、口を挟《はさ》む間もなく野田君は「いいぜ」と快諾《かいだく》してしまった。

「その代わり、そっちが負けたら魔王部の設立は断念しろ。互《たが》いの存亡を賭《か》けた、本気のバトルだ！」

「よかろう。勝負は三日後。放課後の中庭にて待っておるぞ……せいぜい、ない爪《つめ》を研《と》いでおくがよい」

莉夢ちゃんはクックック……と肩《かた》を揺らしながら、モブ4を引きつれて去っていった。

「――大和、おまえ勝手に決めるなよ」

「そうだよ、しかも負けたら解散なんて……」

私たちが抗議《こうぎ》すると、野田君はあっけらかんと言い放った。

「だって、おれたちは六人でヒーロー部だろ。誰か一人が欠けるなんてありえない」

「…………」

まっすぐな言葉に、みんな、思わず口をつぐむ。

……そう言われちゃうと、仕方ないか。

「野田大和……」

感じ入ったように目を潤《うる》ませていた中村君は、やがてフッと不敵な笑みを浮かべて腕《うで》を組み、スチャッと眼鏡のブリッジを押し上げた。

「安心しろ。この竜翔院凍牙の辞書に、敗北という文字はない」

「ああ、絶対勝つぞ！」

「「「おう！」」」

みんなも腹を決めたようで、気合いの入った声が響《ひび》く。

それにしても新入生獲得《かくとく》どころか、いきなり廃部《はいぶ》の危機になっちゃったね。

いったい、どんな勝負になるんだろう……？

第二章　VS魔王部（仮）

「先生ー、ノート集めてきたぜ」

「おお、そこの棚《たな》の上に置いておいてくれ。ありがとう、助かった。お疲《つか》れさん」

2‐Cの副担の先生が手を振《ふ》ってねぎらいの言葉をかける。この日の帰り際《ぎわ》、「おまえら、ヒーロー部だよな？　手伝ってほしいんだが……」と彼から仕事を頼《たの》まれていた私と野田君は指定された場所にクラスの人数分のノートを置くや、早々に職員室から退出した。

「よし、急ぐぞ！」

今日は、莉夢ちゃんたちと約束した、勝負の日だからだ。

「待って野田君、走ったら危ない――」

意気揚々《いきようよう》と駆《か》けだした背中を引き止めようとした次の瞬間《しゅんかん》、廊下《ろうか》の曲がり角からやってきた人物と野田君が衝突《しょうとつ》し、二人同時に床に倒《たお》れ込む。言わんこっちゃない……！

「――すまん、大丈夫《だいじょうぶ》か!?」

「ええ……君こそ、怪我《けが》はないですか？」

ドキッとしたけれど、すぐに飛び起きて手を差し伸《の》べた野田君も、その手をとって尋《たず》ね返す相手の方も、大事はないようだった。はあ、よかった……。

「廊下を走っちゃ駄目《だめ》ですよ」

立ち上がって、下半身についた埃《ほこり》を払《はら》いながら苦笑《くしょう》を浮かべたのは、名雪先生だった。

「すみません……」

「そんなに慌《あわ》てて、何か用事でもあるんですか？」

名雪先生が穏《おだ》やかに尋ねると、しゅんと肩を落としていた野田君が「ああ！」と顔を輝《かがや》かせた。

「これから中庭で、おれたちヒーロー部と魔王部が、互いの存亡を賭けて対決するんだ。名雪先生もよかったら応援《おうえん》に来てくれよ」

「野田君と聖さんがヒーロー部なのは知ってますが、魔王部なんていう部活もできたんですか？」

「正確には魔王部を作らせないための勝負なんだけど、残念ながらゆっくり説明してる暇《ひま》はないんだ。行くぞ、ピンク！　あばよ、先生！」

シュッ、とおでこの上でチョキを振ってみせてから、足早に移動を始める野田君。

私もキョトンとしている先生に「さようなら」と会釈《えしゃく》をしてから、彼の後を追った。

☆★☆

ヒーロー部の部室へ行くと、私たち以外の部員はすでに集合していた。

「遅《おそ》いよ、野田！」

イライラしたように、九十九君が声を荒《あら》げる。

「さっさと勝負をすませて、帰らなきゃいけないのに……」

「何か用事ができたのか？」

「………」

「昨日の夜からベンジャミンが家に帰らないんだとさ」

言葉を詰《つ》まらせた九十九君に代わって、厨君が説明する。

「そういう事情なら、パープルだけ先に帰っていいぞ。おれたちも勝負が終わったら捜索《そうさく》に加わろう」

「……オレが抜《ぬ》けたら大幅《おおはば》に戦力ダウンだろう？　ほら、さっさと雑魚《ざこ》どもをつぶしに行くよ」

九十九君は「別に、時々あることだし、いつも数日したら戻《もど》ってくるんだ……」と自分に言い聞かせるように話しながら、先頭に立って歩き出す。

外猫《そとねこ》なら珍《めずら》しいことじゃないかもしれないけど、心配だよね。

早く戻ってくるといいけど……。

本校舎と東校舎の間にある中庭は、一面芝生《しばふ》が植えられた、皆神高生の憩《いこ》いの空間。

中村君が「生命の樹《セフィロト》」と呼ぶこの学校一大きな常緑樹が生えている他《ほか》、たくさんの低木や花壇《かだん》、ベンチなどが点在するが、中心部は開けていて、ちょっとした運動などもできるようになっている。

「……なんか、人多くねーか？」

中庭に足を踏《ふ》み入れた途端《とたん》、高嶋君が呟《つぶや》いた。

確かに、お弁当を広げる生徒で賑《にぎ》わう昼食時間ならいざ知らず、放課後は閑散《かんさん》としてるはずなのに……やけにいつもより、人の姿が目に付いた。

莉夢ちゃんは……どこから持ってきたのだろう、パイプ椅子《いす》に腰《こし》かけて優雅《ゆうが》に寛《くつろ》いでおり、その周囲ではモブ4がパラソルを差しかけたりうちわで扇《あお》いだり莉夢ちゃんが持ったワイングラスにグレープジュースを注《つ》いだりと、かいがいしく働いていた。

そして、莉夢ちゃんの膝《ひざ》の上にはふくよかな三毛猫《みけねこ》の姿が……って、え⁉

あの子、ベンジャミンじゃない……⁉

ヒーロー部が魔王《まおう》部にずんずんと近づいていくと、中庭にいた他の生徒たちも周りを囲むようにわらわらと集まってきた。

もしかしてこの人たち、どこからか勝負の情報を得て集まったギャラリー⁉

「クックック……逃《に》げずにこの場所へのこのこと現れたことだけは褒《ほ》めてやろう……」

「逃げるわけないだろう。お前たちのどす黒い野望は、ヒーロー部が打ち砕《くだ》く！」

莉夢ちゃんと野田君の言葉の応酬《おうしゅう》に、おお～とどよめきが起こり、ピイーッと指笛が観客の中から鳴り響く。

……確実に部活動紹介《しょうかい》の時より盛り上がってるのは、すでにヒーロー部への免疫《めんえき》がついている生徒たちが集まっているからだろうか。どうでもいいけど、みんな、暇だね……。

「どうしてベンジャミンがいるんだよ!?」

九十九君の質問に、莉夢ちゃんは得意げに言い放った。

「猫質《ねこじち》じゃ」

猫質……!?　人質じゃなくて？

「ふざけるな！　ベンジャミン、おいで！」

九十九君が呼びかけると、太った三毛猫は「みゃ〜ご」と鳴き声をあげ、ぼてっと莉夢ちゃんの膝から地面へと飛び下りた。

そして、悠然《ゆうぜん》と九十九君の方へと進み始めたが――

「ベンジャミン！」

すぐさまモブ４が懐《ふところ》から取り出した猫缶《ねこかん》を開けて呼びかけると、くるりと方向転換《てんかん》して再びトコトコと莉夢ちゃんの足元へと引き返してしまった。

「ククク、汝《なんじ》の使い魔《ケット・シー》はすでにこの高級猫缶の虜《とりこ》……我が傘下《さんか》にくだったのじゃ」

「べ、ベンジャミン……！」

はぐはぐ、と嬉《うれ》しそうに猫缶を貪《むさぼ》る愛猫《あいびょう》を前に、力なくうなだれる九十九君。

「卑怯《ひきょう》だぞ！　こんなことをして、何が狙《ねら》いだ⁉」

「カーッカッカッカ……それは妾《わらわ》たちにとっては褒め言葉じゃ。——では、本日の勝負方法やルールを総《すべ》てこちらで決めさせてもらおうかのう」

「なんだと……！」

悔《くや》しそうに顔を歪《ゆが》める厨病《ちゅうびょう》ボーイズだけど、意外とショボい要求な気もする。こっちが不利になるのは間違《まちが》いないけど……。

「形式は、それぞれの部からの代表五人が順番に戦って勝ち点を競う団体戦じゃ。内容はその都度発表する」

「わかった」

猫質をとられている以上、ヒーロー部に拒否《きょひ》権はなかった。

「では、早速《さっそく》一戦目……こちらの先鋒《せんぽう》は、『疾《はや》きこと風の如《ごと》し』鈴木。勝負内容は……——短距離《たんきょり》離走じゃ！」

たっぷりもったいぶって言う割にめっちゃ普通《ふつう》の勝負だった……！

「そこの木のところから、向こうの花壇まで競走じゃ」

「短距離走……となると、頼《たの》むぜ、大和！」

「ああ、任せろ！」

あとでどんな勝負が来るかわからないから、誰《だれ》が出るかは賭《か》けだけど……野田君より速い生徒はそうそういないはずだ。

でも、向こうもきっとよほどの自信があるに違いない。うちの体力担当の野田君を最初から使ってしまうことが、果たして吉《きち》と出るか、凶《きょう》と出るか……。


「——用意……ドン！」

モブ4の佐藤君の合図で、同時に走り出す野田君と鈴木君。

結果、あっさり野田君の勝利。——へ？


「……くっ、クラスで三番目に足の速い鈴木が敗れるとは……！」

悔しげに呻《うめ》く莉夢ちゃんだけど、び、微妙《びみょう》……。

モブ4、どうやら特技も地味なようだ。

「二戦目、次鋒《じほう》『徐《しず》かなること林の如し』田中！　勝負内容、あやとり」


「これはオレが出よう……」

ドヤ顔でゆらりと進み出たのは九十九君だった。

「九十九零……貴様、こんな特技を隠《かく》し持っていたのか？」

「能ある鷹《たか》は爪《つめ》を隠すってね。『戦慄《せんりつ》の傀儡師《くぐつし》』とはオレのことさ」

フッ……と誇《ほこ》らしげな九十九君だけど、あやとりだよね……？


「持ち技《わざ》の数で勝負じゃ。レディ、ゴー！」

「まずは基本の――川！」

「田んぼ！」

「ダイヤ！」

「船！」

「……そーいやあいつ、美琴《みこと》たちに付き合って色々覚えてたな……」

厨君の呟きに、なるほどと納得《なっとく》する。

私もこの辺は小さい頃《ころ》、おばあちゃんと作ったりしてたよ。懐《なつ》かしい。

「ほうき！」

「四段バシゴ！」

「網《あみ》！」

「ハンモック……！」

「──八段バシゴー！」

田中君が繰《く》り出してみせた大技（たぶん）を見て、九十九君は一瞬《いっしゅん》目を瞠《みは》ってから、

「やるね……」と唇《くちびる》の端《はし》を吊《つ》り上げた。

「ならばオレはパプアニューギニアより伝わりしこの技を見せよう……」

パプアニューギニア⁉　そんな南の島にもあやとりが⁉

「この圧倒《あっとう》的美技の前に砕け散れ──秘技、天の川！」

九十九君の渾身《こんしん》の大技（たぶん）に、田中君は息をのみ、険しい表情を見せたものの、また黙々《もくもく》と手を動かす。

「……………銀河!!」

「!! 馬鹿《ばか》な……『ドラ●もん』に登場した、あの幻《まぼろし》の名人技を……!?」

ガクリ、と膝《ひざ》をつく九十九君。

「勝者、田中!」

どうやら、善戦するも敗北してしまったようだ。

すごいとは思うけど、どうにも盛り上がらないな……。

「三戦目、中堅《ちゅうけん》『侵掠《しんりゃく》すること火の如し』高橋! 勝負内容は、野菜炒《いた》め」

料理ってどこで……と思いきや、少し離《はな》れたところにバーベキューコンロが二つ設置されていて、モブ4が懸命《けんめい》に火をおこしていた。

わざわざあんなものまで用意したのか!

傍《そば》には調理台用と思《おぼ》しき長机も置かれ、調理器具や食材、調味料などが一通りそろっている。

「オーケー、俺の出番みてーだな」

名乗りを上げたのは、厨君。料理男子だもんね。

「魔王《まおう》・莉々夢よ。勝負の判定はどのように決するのだ？」

「そうじゃな……では、白き衣《ころも》をまといしそこな男。そなたに審査《しんさ》を委《ゆだ》ねよう」

莉夢ちゃんが指名したのは、見物人の中にいた白衣の男性——名雪先生だった。

先生、野田君に誘《さそ》われたからって本当に観《み》に来てくれてたのか！

名雪先生は「え、僕ですか？」と戸惑《とまど》うように目を瞬《またた》いていたけれど、すぐにコクリと頷《うなず》いた。

「わかりました。二人とも、頑張《がんば》ってくださいね」

「食材や調味料は何を使おうが自由じゃ。野菜は洗ってあるので、そのまま使えるぞ。制限時間は十五分。始め！」

まずはたくさんの肉や野菜の中から食材選び……しかし制限時間もあるので迷っている

暇《ひま》はない。

二人とも素早《すばや》く数種類の食材を手にとり、それぞれの調理台へと移動していく。

厨君はキャベツ、ピーマン、人参《にんじん》、ネギ、にんにく、豚《ぶた》バラ肉。

高橋君はキャベツ、人参、もやし、玉ねぎ、豚バラ肉。

「アテンションプリーズ！　華麗《かれい》な俺の包丁遣《づか》い……瞬《まばた》きしてる間に終わっちまうぜ？」

キラン、と包丁を光らせてポーズをとってから、トントントン……とネギを刻みだす厨君。

なんとも大げさだけど、確かに手際《てぎわ》はいい感じだ。

あっという間に全《すべ》ての食材を切り終わって、複数の調味料を混ぜてタレをつくる。

流れる動作で、すでに十分に熱されていると思われる鉄板上に、高い位置からオリーブオイルをファサアッ……やっぱりそこはオリーブオイルなのか。イケメンのこだわり？

肉、そして野菜を手早く炒め、タレを入れるとじゅわ～っと弾《はじ》ける音とともに香《こう》ばしい香《かお》りが辺りに広がった。

「ミッションコンプリート！　俺の料理はもはや――アートだ」

NO LIFE
NO M

「うおおお、美味《うま》そう！」

「さすが厨《キッチン》二葉！」

厨君が作ったのは、中華《ちゅうか》の定番、回鍋肉《ホイコーロー》。お店で出てきそうな見た目に、食欲をそそるいい匂《にお》い！　味噌《みそ》が肉と野菜に絡《から》んで、ご飯が何杯《なんばい》でも食べられそうだ。

一方、高橋君の方は、塩コショウで味付けしたオーソドックスな野菜炒めのようだった。こちらも普通《ふつう》に美味《おい》しそうだけど、手間がかかってそうなのは厨君の一品かな？

「さあ、今こそ審判《しんぱん》の時。うぬが魂《たましい》を震《ふる》わす一皿は、どちらじゃ……？」

「へえ……二人とも大したものですね。では、まずは厨君の方から。いただきます」

笑顔《えがお》で回鍋肉に箸《はし》を伸《の》ばし、もぐもぐもぐ……と咀嚼《そしゃく》する名雪先生に、一同の視線が集まる。

やがて、「……ふむ」と頷いて箸をおいた名雪先生は、先ほどと全く同じ笑みを浮《う》かべていた。……全然、読めない……！

「では次は、高橋君の野菜炒めをいただきます」

もぐもぐもぐ……と口を動かす名雪先生はやっぱり笑顔のポーカーフェイス。

果たして判定は――!?

「勝者は、高橋君です」

告げられた言葉に、厨君が青ざめた。

「ホワイ!?　俺の回鍋肉は完璧《かんぺき》だったはずだ……！」

詰《つ》め寄られた名雪先生は、申し訳なさそうに苦笑《くしょう》する。

「すみません、僕はピーマンが苦手なんですよ」

「そんな理由!?」

子どもか！　先生が好き嫌《きら》いしないでください。


「四戦目、副将『動かざること山の如《ごと》し』佐藤。片足立ちバランス対決！」


「よし……大将は頼《たの》んだぜ、竜翔院！」

ポン、と中村君の背中を叩《たた》いてから、颯爽《さっそう》と前に出たのは高嶋君。

「ヒーロー部は既《すで》に二敗している。高嶋智樹……ここは二重の意味で堪《こら》えどころだぞ」

「ああ。コミケの列で足腰《あしこし》は鍛《きた》えてある。真夏の炎天下《えんてんか》も真冬の極寒《ごっかん》も耐《た》え抜《ぬ》くオタクの我慢強《がまんづよ》さを見せてやるさ」

頼もしく頷いてみせる高嶋君だけど、台詞《せりふ》内容が残念……。

そして始まった副将戦は、今までにもまして地味だった。

互《たが》いに一歩も動かず、ひたすら片足立ちをするだけなのだ。

……あっ、高嶋君がよろめいた！　……なんとか持ち直したけど辛《つら》そうだ。

でも、しんどそうなのは佐藤君も同様。

「──聖、俺のスマホで『アイライブ！』のアルバムを流してくれ！」

「わかった」

ミュージックアプリを起動し、可愛《かわい》らしいアイドルソングが流れ出すと、高嶋君の表情が少し和《なご》んだ。

「空良ちゃん、沙希《さき》ちゃん、にこちー、真理《まり》ちゃん、小雪《こゆき》ちゃん、歩花《あゆか》ちゃん、藍《らん》ちゃん、かなちん、英里菜《えりな》ちゃん……少しずつでもいい。俺に……俺に力を分けてくれーー！」

まるで元気玉のようなテンションで高嶋君が叫《さけ》んだ直後、「あ、もう駄目《だめ》」という声とともに佐藤君が足をついた。

どこまでもショボい戦いだった。

☆★☆

「ククク……なかなか楽しませてくれるのう」

パイプ椅子《いす》に腰《こし》かけた莉夢ちゃんが、腕組《うでぐ》みしながら愉快《ゆかい》そうに肩《かた》を揺《ゆ》する。

「たかがヒトの分際で、ここまでやってくれるとは正直思わなんだ……」

たかがヒトって……自分はなんだと思ってるんだろう。あ、魔王だっけ。

「莉々夢＝シュテルリーベ＝ナイトメサイヤ……確かにヒトは脆《もろ》い。弱く儚《はかな》い生き物だ」

おっと、中村君もいよいよ出番とばかりに語りだした。

「しかしまた、ヒトは強い。護《まも》るべきものができた時、何よりも強く得難《えがた》い力と輝《かが》きを放つのだ。野田大和……九十九零……厨二葉……高嶋智樹……俺の盟友たちがその身を挺《てい》して切り開いてくれた茨《いばら》の道。戦友《とも》の屍《しかばね》を乗り越《こ》えて進んできたこの聖戦《ジハード》の結末を、絶望の暗黒に塗《ぬ》りつぶさせたりはしない——！」

まさに水を得た魚のような中村君だけど、勝手にみんなを殺さないでー！

「フッ……誇《ほこ》りに思って良いぞ、中村和博――いや、竜翔院凍牙よ。妾《わらわ》が自ら前線に立つなど、ざっと見積もって百億年ぶりじゃ」

地球誕生の前から生きてたのか……。

「最終決戦は――修辞法《レトリック》。森羅万象《しんらばんしょう》をいかに耽美《たんび》に背徳感溢《あふ》れる語彙《ごい》へと変換《へんかん》できるかという言霊《ことだま》対決じゃ」

小難しい言い方をしてるけど、どうやら身の回りのものをいかに厨二《ちゅうに》っぽく言えるか対決をするらしい。

その場にいる全員に白い紙が配られ、お題を書いて箱に入れてもらってからシャッフル→順番にくじで引いた言葉の二つ名を二人が考えて競《きそ》い合う……という形式になった。

そうして決まった最初のお題は「桃太郎《ももたろう》」。……まさかの昔話だ。

中村君と莉夢ちゃんは、しばしの黙考《もっこう》の後、手元のスケッチブックにサラサラとペンを走らせていく。

「先攻《せんこう》は妾がもらうぞ。まずは小手調べ……といったところか」

そう言いながら、莉夢ちゃんが見せたスケッチブックに書かれていた文字は——

『獣王《じゅうおう》』

おお〜っと厨病ボーイズが歓声《かんせい》をあげる。

「かっけー！」

「なるほど、犬、猿《さる》、キジのお供の方に目をつけたのか……」

「シンプルながら重厚感《じゅうこうかん》があってなかなかにグレートなコードネームだぜ」

「流石《さすが》魔王を名乗るだけのことはあるね……初手から見せつけてくれる」

賞賛の嵐《あらし》だけど……全然わからん。

「やるな……だが、勝負はまだ始まったばかりだ。俺のターン。ドロー！」

まるでカードゲームのようなノリでスケッチブックを見せた中村君の回答は——

『鬼斬り《マゼンタ・ジェノサイド》』

「うおおお、ブラックも負けてない！」

「やっぱルビがつくと熱いな！　クッソ強そう」

「マゼンタとつけることで桃色《ももいろ》を匂《にお》わせた点はオリジナルへのリスペクトを感じるぜ」

「ジェノサイド、すなわち大量殺戮《さつりく》……勧善懲悪《かんぜんちょうあく》の陰《かげ》に潜《ひそ》む残酷《ざんこく》な真実をつきつけるアイロニカルな効果も評価したい」

なんなんだ、この空間。

「ククク……おもしろい、おもしろいぞ、竜翔院凍牙！　やはりそなたは千年に一人の逸《いっ》材《ざい》！」

「千年……？　それはまた過小評価をしてくれたものだ。来い……貴様と遊んでいる暇《ひま》はない！」

どう見ても全力で遊んでるだけなんだけど、どうやら勝負はまだつかないようだ。

二つ目のお題は――「シャーペン」。今度は中村君から。

『漆黒の牙《シュバルツ・エッジ》』

「ドイツ語きたー！」

「シュバルツは定番だが、やはり王道の良さがあるな。どうしたってカッコいい！」

一方、莉夢ちゃんは。

『神針軌鋭《ヘブンスラッシュ》』

「四字熟語『新進気鋭《きえい》』をもじってきたか。少々テクニックに走り過ぎな気がするが……」

「シャーペンなだけに尖《とが》ってみせたんじゃない？　オレはその気概《きがい》と遊び心を買いたいね」

いや、二つとも、それのどこがシャーペンなの!?

相変わらず全っ然わからないんだけど……どうやらまたしても引き分けらしい。

三つ目のお題――「放課後」。

「そろそろ……本気を出そうかのぅ」

　そんな言葉とともに莉夢ちゃんが掲《かか》げてみせたのは。

『誰がために鐘は鳴る《トワイライト・モラトリアム》』

　おおおおおおお、と今までで最大のどよめきがおこり、「こ、これは……！」と中村君までもがよろめいた。

「地の文に知性と普遍《ふへん》性が香《かお》る名作のタイトルを引用しつつ、ルビにより夕景を連想させ、なんともいえない憧憬《しょうけい》と切なさを滲《にじ》ませている……！　胸に去来するのはどんなに楽しくても五時の鐘で帰宅していた無垢《むく》な子ども時代……黄昏《たそがれ》時の帰り道、足元に伸《の》びる影《かげ》とカラスの鳴き声、どこかの家から漂《ただよ》ってくる夕食の匂いまで蘇《よみがえ》ってくるようだ。永遠に続くような気もしていた、今となっては二度と戻《もど》れない、あの頃《ころ》……」

　どんだけ妄想《もうそう》力爆発《ばくはつ》させてるんだよ！

「魔王・莉々夢……まぎれもない強敵だ。しかし、ここで逃《に》げるわけにはいかない。たとえこの身が砕《くだ》けようとも、貴様はこの竜翔院凍牙が――仕留める！」

カッと目を見開いて、中村君が出した回答は。

『子羊たちの休息《ジュブナイル・シエスタ》』

ほおっ……と今度はいっせいに感嘆《かんたん》とも安堵《あんど》とも知れない吐息《といき》が零《こぼ》れる。

「……悪くない……儚《はかな》く、頽廃的《たいはいてき》でありながらスタイリッシュな気品に満ちておる……。辛《から》くも、とはいえまさかあの一撃《いちげき》を凌《しの》いでみせるとは、のう。ますます気に入った！　なんとしてもそなたを我が手中に収めてみせようぞ！」

「たわけ！　俺は誰の配下にもつかん……俺の主《あるじ》は、この俺ただ一人だ！」

莉夢ちゃんが優勢だったけど、決定打にはならなかった、的な雰囲気《ふんいき》？

……また引き分けか……。

その後も二人は一進一退の攻防《こうぼう》を続け、ちっとも決着がつく気配を見せなかった。

いつしか観客はぞろぞろとその場を立ち去って行き、しばらくはノリノリで応援《おうえん》していた厨病ボーイズさえも、勝手なおしゃべりを始める。

「なあなあ、俺たちもやってみようぜ。聖、なんかお題くれ」

「じゃあ……女子高生」

「う〜ん」「難しいなこれ……」などと悩《なや》みつつもみんなが出した答えは……。

厨君『征服乙女《ワルキューレ》』——制服と征服《せいふく》をかけたのかな？

野田君『肉弾女戦士《プリキュア》』——プリキュアは中学生だったと思う。

九十九君『仮面笑顔《ダブルアカウント》』——恐《こわ》い恐い！

高嶋君『思春期《アオハルカヨ》』——カップ麺《めん》のＣＭか！

「こんなのも思いついたよ。『蟻《あり》』を逆さ文字にして使うことで高みから下界を見下ろすようなスケール感と終末感を演出してみたんだ……お題はクリスマス」

そう言って九十九君が書いてみせたのは。

『蟻充全滅《バルス》』

……もはやただの僻《ひが》みだよね？

「つーか、腹減った……帰りにどっか寄って行こうぜ」

「二葉にしては悪くない提案じゃないか」

「おれ、お好み焼き食いたい！」

それまで中村君との勝負に没頭《ぼっとう》していた莉夢ちゃんが、不意にピクッと体を反応させた。

「いいな。けど大和、食いすぎないようにしろよ。今夜は焼き肉らしいからな」

「おお、やったー！」

「……!?　竜翔院凍牙よ、あの二人は同せ……同居しておるのか？」

「野田大和の両親が長期遠征《えんせい》中ゆえ、夕食はほぼ毎日、幼馴染《おさななじみ》で家も近所にある高嶋智樹宅で摂《と》っているという話だ」

「……幼、馴染……」

「週末は泊《と》まることも多いというから、半分同居しているようなものかもしれんがな」

「なん……じゃと!?」

なぜか莉夢ちゃん、衝撃《しょうげき》を受けたように目を見開いている。

「でも二葉、お好み苦手じゃなかったっけ？　……あ、違《ちが》う、苦手なのはもんじゃだったね」

「零、てめー、余計なこと言うなよ⁉」

「グリーンはもんじゃが嫌《きら》いなのか？」

「ああ、昔屋形船でもんじゃを食べるって催《もよお》しに行ったんだけど、二葉の奴《やつ》、船酔《ふなよ》いして、途中《とちゅう》で駄目《だめ》な方のもんじゃをぶちまけちゃったんだよ」

「ブッ、駄目な方って……ゲロったってこと？」

「スチューピッド、言うなっつっただろうが！　だいたい車で遠出する時はいつもてめーが真っ先に酔って足引っ張ってたくせに……」

「竜翔院凍牙よ。あの二人も幼馴染なのか⁉」

小突《こづ》き合う厨君と九十九君を指さして、目を血走らせながら迫《せま》る莉夢ちゃんに、「うむ……」と怪訝《けげん》そうに眉《まゆ》を寄せながら、中村君が頷《うなず》く。

「母親同士が親しく、幼い頃から交流があったというから、幼馴染といえばそうだな。正確には、従兄弟《いとこ》だ」

「い、従兄弟……しかし随分《ずいぶん》と仲が悪そうではないか」

「奴らは常にあんなものだ。だがいがみ合ってばかりいるかと思えば、互《たが》いの性《さが》や趣味《しゅみ》嗜《し》好《こう》をよく把握《はあく》していたりもする。奇妙《きみょう》なものだな」

フッ……と微笑《ほほえ》む中村君の横で、莉夢ちゃんは両手を握《にぎ》ってぶるぶると震《ふる》えだした。

「……ツンデレ同士……ケンカップル……」

「む？　なんだ？」

「い、いや、なんでもない」

「それより、勝負の続きだ。お題は『校舎』。俺の答えは『灰色要塞《アッシュバーグ》』」

「…………………」

「どうした、魔王《まおう》・莉々夢。貴様のターンだぞ？」

「……高嶋×野田は決定として、九十九×厨？　厨×九十九？　……駄目じゃ、情報が少なすぎる……」

莉夢ちゃんは難しい顔をしながらボソボソと小声で何か呟《つぶや》くだけで、ついさっきまで盛んに動いていたそのペンは、完全に止まってしまっていた。

アイディアが出てこないのだろうか？

「……いや待て、このシチュエーション的には中村総受《うけ》も……なんじゃこの環境《かんきょう》は。乗法し放題⁉ ……」

「――まさか、タイムオーバー？」

中村君が眉を寄せてそう言ったのと同時に、莉夢ちゃんの手からバサリとスケッチブックが落ちた。

「妾《わらわ》の……負けじゃ」

長丁場の勝負の終わりが告げられると、「莉々夢様⁉」と驚《おどろ》いたようなモブ4と「え、勝ったっぽい」「勝ったのか」「やったー！」「よかったよかった」という厨病《ちゅうびょう》ボーイズの声が響《ひび》いた。

長いわりに呆気《あっけ》ない幕切れ……でも、莉夢ちゃんが悔《くや》しそうな様子は皆無《かいむ》で、なぜか穏《おだ》やかだけど底知れないモナリザの如《ごと》き笑みを浮《う》かべているのが不思議だった。

「おめでとう、ブラック！　信じてたぞ！」

「いや～すごい戦いだったな」

「目が離《はな》せなかったよね」

「手に汗握《あせにぎ》ったぜ……」

わあっと中村君を取り囲む厨病ボーイズだけど、あなたたち、飽《あ》きて後半ほとんど観《み》てなかったでしょ？

「フッ、当然の結果だな……魔王・莉々夢よ。約束は守ってもらうぞ」

「うむ。魔王部は解散、ベンジャミンも解放しよう」

「そんな、莉々夢様！」

「俺たちはこれからどうすれば……」

悲嘆《ひたん》に満ちた表情ですがり付くモブ4に、「五月蠅《うるさ》い」と冷淡《れいたん》に莉夢ちゃんは告げた。

「妾たちは敗れたのだ。未練がましく醜態《しゅうたい》を晒《さら》すでない。――散れ」

「う……うわあああああ」

莉夢ちゃんの宣告に、泣く泣く立ち去っていくモブ4。

……結局あの人たち、なんだったんだろう……。

「よーし、お好み焼き屋で祝勝会だー！」

☆★☆

帰宅の準備をしてから、ヒーロー部のメンバーで連れ立って、学校の近所のお好み焼き屋さんへ向かう。

ただ、少し離れて莉夢ちゃんが、ずっと私たちの後を追ってきていた。

「――まだ何か用があるのか、莉々夢＝シュテルリーベ＝ナイトメサイヤ」

「気にするな。たまたま帰途《きと》の道筋が同じであるだけじゃ」

「……そうか」

「こんばんはー。六人です」

「おお、いらっしゃいー」

お好み焼き屋に到着《とうちゃく》して、並びの四人席に三人ずつに分かれて座ると、しばらくして、およそ店の庶民《しょみん》的な内装に似合わない銀髪《ぎんぱつ》ゴスロリ美少女が入店してきた。

す。

「妾もちと小腹が減ってのう。別にそなたたちをつけてきたわけではないぞ」

思わずガン見する私たちに、すまし顔でそんなことを言って、一人で隅《すみ》の席に腰《こし》を下ろ
「……莉夢ちゃんもよかったら、一緒《いっしょ》にどう？」

思わず声をかけると、赤紫《あかむらさき》の右目が意外そうに瞠《みは》られた。

「……よいのか？」

「うん。——いいよね？」

「無論だ！　昨日の敵は今日の友！」

一同が頷くと、莉夢ちゃんは「そこまで言うのなら、同席してやらぬこともない」なんて言いながらいそいそと移動してきて、端《はじ》に座っていた私の向かいにちょこんと着座した。

「みんな、飲み物はー？」という高嶋君の言葉に、「牛乳！」「禁断の果実の搾《しぼ》り汁《じる》」「コーク」と次々と声があがる。

「オレは——いつもの」

「ウゼえ、はっきり言え。つーか、いい加減ブラックを無理して飲むのやめろ、痛々しい」

「無理なんてしてないし！　オレといったらブラックコーヒーなのは周知の事実だろう？」

「ハッ、家ではカルピスばっか飲んでるくせに……」

「はあ？　そ、それは二葉が来る時たまたま飲んでるだけだしっ」

「私はウーロン茶……莉夢ちゃんはどうする？」

私が呼びかけると、莉夢ちゃんはハッとしたようにメニューに視線を向け、「そうじゃな……」と長い睫毛《まつげ》を瞬《また》いた。

「赤ワインをいただこうか」

「……えーと、じゃあ牛乳、アップルジュース、コーラ、ブラックコーヒー、ウーロン茶にグレープジュース……あと、オレンジジュースをお願いします」

厨二語翻訳《ほんやく》も交えて高嶋君がまとめて注文すると、目を瞬いていた店員さんは安心したように頷《うなず》いてから、「食事が決まったらまた呼んでね」と言い残して離れて行った。

「莉夢ちゃんは、お好み焼きが好きなの？」

「フッ……妾が好んで嗜《たしな》むのは極上《ごくじょう》の魔力とワインじゃ」

「そ、そうなんだ……」

中村君との勝負の時にお好み焼きの話が出てから様子が変わったように見えたし、一人で入店するくらいだからてっきり好物なのかと思ったんだけど、違《ちが》ったらしい。

莉夢ちゃんはお好み焼き屋さんで食べるのも初めてだったみたいで、注文したお好み焼きのタネが来ると、眉《まゆ》を寄せて固まってしまった。

私も、前にヒーロー部のみんなと来たのが初めてだったしな。

「一緒に作ろうか？　まずは鉄板に油を引いて……お好み焼きのタネを、中に空気が入るようにかき混ぜるでしょ？　で、鉄板が熱くなったら……うん、もういいかな……こんなふうに入れる。あとは五分くらい経《た》ったらひっくり返すんだよ」

「ほう……」

改めて、お好み焼きとゴスロリってミスマッチ過ぎて、少しおかしくなってきたけど、真剣《しんけん》な顔で私の真似《まね》をする莉夢ちゃんは可愛《かわい》かった。

普通《ふつう》にしてたら、この子もただの美少女なのに……。

「――じゃあ、ひっくり返そうか。……うん、上手上手。あ、押さえないほうがいいんだって。あとはへらで周りを整えて……そうそう」

「……香《こう》ばしい薫《かお》りがしてきたのう……」

莉夢ちゃんは頬《ほお》をゆるめながら、ワイングラス（わざわざお店のグラスから持参したそれにジュースを移したのだ）を口元に運ぶ。直後。

「やっやめろ野田大和、貴様の液体が俺の中に流れ込んできたぞ……！」

中村君の狼狽《うろた》えたような声が響《ひび》き、莉夢ちゃんがゲホゲホッと派手にむせた。

「り、莉夢ちゃん、大丈夫《だいじょうぶ》？」

「大事ない……」

口元をハンカチで拭《ふ》きながら、中村君たちの方を凝視《ぎょうし》する莉夢ちゃん。

「彼奴等《きゃつら》はいったい何をしているのだ⁉」

「野田君たちはもんじゃ焼きを注文したみたいだね。夜が焼き肉って言ってたし、軽めのものに変更《へんこう》したんじゃない？」

「……な、なるほど……」

「俺の領域《テリトリー》を侵《おか》すな……！」「悪い、土手が決壊《けっかい》した！」「大和は一度に汁《しる》入れすぎなんだよ。あー、俺が作るから貸せ」などと言い合っている野田君たちを見ながら、莉夢ちゃんは胸を押さえて深い呼吸を繰《く》り返している。

「大丈夫？　体調悪かったりする？」

「心配無用じゃ。——そろそろ焼けたのではないか？」

それからまた一回生地《きじ》をひっくり返して、程《ほど》よく焼けた頃合《ころあ》いを見計らって、ソースに鰹節《かつおぶし》、マヨネーズ、青のりを振《ふ》りかけていく。

「はい、どうぞ召《め》し上がれ」

「うむ……いただこう」

莉夢ちゃんは小皿に取ったお好み焼きをふうふう、と息を吹《ふ》きかけて冷ましてから、はむ、と箸《はし》で口に運んだ。

口が小さいから頬張るとほっぺが膨《ふく》らんで、なんだかハムスターみたいだ。

「……美味《うま》い……」

「そう？　よかった」

「なあ、ピンクたちも見てくれ！　イエローのと合体させたビッグもんじゃだ」

「本当だ、大きいのができたね」

「だろう⁉　お、ブラックのも美味そうだな～味見させてくれ！」

「フッ……そんな生まれたての雛《ひな》のように口を開けずとも与《あた》えてやるからしばし待て」

「竜翔院、俺も俺も」

「ちょっと二葉、オレのイカ玉に何マヨネーズかけようとしてんだよ。嫌《きら》いだって知ってるだろ⁉」

「オフコース。わざとに決まってんだろ……ってストップ！　唐辛子《とうがらし》はシャレにならねーぞ！」

「二人とも、ご飯で遊んじゃ駄目《だめ》だからね」

ごくん、とお好み焼きを飲み下してから、もう一度莉夢ちゃんは呟《つぶや》いた。

「……こんなところに、楽園《シャングリラ》が潜《ひそ》んでいたとはのう……」

そんなにここのお好み焼き、気に入ったんだ～。

☆★☆

翌日の放課後、いつものように同じクラスの野田君たちと連れ立ってヒーロー部へ向かおうとしたら、廊下《ろうか》に出てすぐに中村君、厨君とも合流した。

こんなにぴったり同じタイミングでHRが終わるのも珍《めずら》しいね……なんて話してるうちに部室に到着《とうちゃく》して、扉《とびら》を開けると、そこにはこたつで寛《くつろ》ぐ銀髪《ぎんぱつ》のゴスロリ美少女の姿が。

「「「「「……!?」」」」」

「おお、遅《おそ》かったのう。待ちくたびれたぞ」

ポカンとする私たちに、莉夢ちゃんは悠然《ゆうぜん》とそう言うと、一枚の紙をヒラリと持ち上げてみせる。

「――これは……入部届!?」

「魔王《まおう》がヒーロー部になんて入っていいのかよ?」

再び一同が呆気《あっけ》にとられる中、高嶋君が突《つ》っ込むと、莉夢ちゃんはこたつに頬杖《ほおづえ》をついたまま、取り澄《す》ました顔で言い切った。

「細かいことは気にするでない。妾《わらわ》はおぬしらが気に入ったのじゃ」

マイペースな子だなあ……。

うおおおお、と不意に野田君が雄叫《おたけ》びをあげる。

「倒《たお》した敵が味方になる！　熱い展開だな！」

「まー、待望の新入部員だしな」

「フッ、貴様の戦力……期待しているぞ」

「何を企《たくら》んでるか知らないけど——おもしろい。せいぜいかき回してくれよ？」

「ウェルカム・トゥ・ヒーロー部」

ちょっとビックリしたけど……うん、個人的にも念願の女子部員。仲良くなれたらいいな。

「よろしくね、莉夢ちゃん」

みんなで口々に歓迎《かんげい》の言葉を投げかけると、人形のような少女の表情が、少しだけホッ

入部届
ヒーロー
部

としたようにゆるんだ気がした。

しかし、次の瞬間《しゅんかん》にはまた芝居《しばい》がかった、不遜《ふそん》な笑《え》みを浮《う》かべて言う。

「以後、よしなに頼《たの》む」

第三章
千変万化☆リレー小説

「……ふう」

つい先日まではこたつだった長机（いい加減暑くなってきたから布団《ふとん》は片づけた）の上で、読み終えた文庫本の表紙をパタンと閉じると、私は思わずため息を漏《も》らした。

おもしろかったな〜うん、満足満足。

周りを見回すと、野田君は筋トレ、高嶋君はスマホゲーム、中村君と厨君はチェス、九十九君は漫画《まんが》……とだいたいいつもの光景。

そこに先週末、新たに加わったのが、私の斜《なな》め前にふわりとドレスの裾《すそ》を広げて腰《こし》を下ろすゴスロリ少女なのだが、彼女は今、表紙に蝶《ちょう》のイラストが描《えが》かれたメモ帳を手にとって、何かを書き込んでいた。

「莉夢ちゃんってよく、メモに何か書いてるよね。なんのメモ？」

「妾は小説の執筆《しっぴつ》が趣味《しゅみ》でのう……そのためのネタを思いつくたびに、こうして書き留めているのじゃ」

へえ、小説……漫画を描いてる中村君といい、動画を投稿《とうこう》している厨君といい、厨二病《ちゅうにびょう》の人ってけっこう創造的なところがあるのかな。

「よいぞ、創作は……そなたらも一つ、手すさびに何か書いてみてはどうじゃ？」

莉夢ちゃんの提案に「あ、じゃあ」と反応したのは高嶋君だ。

「俺、あれやってみたい。『リレー小説』」

リレー小説？

「交換《こうかん》日記の小説版みたいな感じ？　まず最初の人が決まったページ数書いたら、次の人がその続きから物語を書いて、またページが埋《う》まったら、次の人に交代。そんなふうに繋《つな》いでいって、みんなで一つの小説をつくる……って遊び」

「……なんか難しそうじゃない？　私、小説とか書いたことないし……」

「所詮《しょせん》遊びじゃ。難しく考えることはないぞ、シスター・瑞姫」

尻込《しりご》みしていたら、莉夢ちゃんにそんなふうに励《はげ》まされた。いや、シスターって何？

「ああ、ノリでいいと思うぜ？　レッツプレイ！」

「おもしろそうだな！　やってみよう」

「ま、暇潰《ひまつぶ》しにはなるかもね」

「折よく、手元に空きのノートが一冊あるからこれを提供しよう。順番はどうするのだ？」

どうやらみんなやる気のようだ。うーん、自信はないけど、やってみるか。


あみだくじで決まった順番は、①中村君→②野田君→③高嶋君→④九十九君→⑤厨君→⑥莉夢ちゃん→⑦私……となった。

ちょっと、私がオオトリ!?　責任重大じゃないか。

そして、最初が中村君だなんて、不安しか感じない。

とりあえず、中村君には「登場人物に竜翔院凍牙を出すのは禁止」というルールが与《あた》えられ、一人見開き一ページずつ書いていくということで、ヒーロー部のリレー小説が開幕した。

☆★☆

◆中村君パート

篠突《しのつ》く雨にけぶる視界の中、勇者レオンハルトは愛馬グレンに鞭《むち》を打ち続けた。

レオンハルトはかのアヴェロニア大陸でも最大の繁栄《はんえい》を誇《ほこ》るヘッサヴォライバ国の第二皇子であり、炎獅子《えんじし》王と謳《うた》われし気炎万丈《きえんばんじょう》の猛者《もさ》ツェーザルと氷肌玉骨《ひょうきぎょっこつ》の佳人《かじん》にしてツェーザルの父で愛民王と讃《たた》えられしガスパールに粉骨砕身《ふんこつさいしん》仕えた忠臣クラッブの娘《むすめ》ブリュンヒルデの間に生まれた悲劇の若者である。幼名はユリウス。古代マルヴェ語でユリウスとは『智《ち》の泉』を意味し、その名の通り才気煥発《さいきかんぱつ》、名門騎士《きし》団『荒鷲《あらわし》の爪《つめ》』の団長であるバルッモンテに師事した剣《けん》の腕《うで》は齢《よわい》十六にして広く隣《となり》のランベルト大陸にも響《ひび》き渡《わた》るほどであり、アヴェロニアの大長老ワルサーをして「不世出の英雄《えいゆう》」と言わしめる逸材《いつざい》であったが、誰《だれ》にも言えない深い傷を密《ひそ》かに心に秘《ひ》めていた。

……冒頭《ぼうとう》から固有名詞が多すぎて全然頭に入ってこない！

「すまん、カッコよさげだけど何が書いてあるのかさっぱりわからん！」

目を白黒させる野田君に、厨君がげっそりした表情で説明する。

「簡単にまとめると、『なんか悲しい秘密を持つすげー強くて賢《かしこ》い皇子レオンハルトが、雨の中馬に乗ってる』ってことだな」

「え……それだけ？」

純粋《じゅんすい》な直球の一言に、ガーン、とショックを受けたように青ざめる中村君。

一生懸命《いっしょうけんめい》設定を考えたんだろうけど、ぶっちゃけこの辺、いらないよね……。

◆続・中村君パート

「落ち着いて、レオンハルト。また一つ、罪のない街が破壊《はかい》神ザインヴォルトに滅ぼされた……やるせない思いは私も同じよ。でも……」

女騎士サラが必死に追いつき、呼びかけるが、レオンハルトの頬《ほお》は強張《こわば》り、唇《くちびる》は噛《か》みしめられたまま、馬足も緩《ゆる》むことはなかった。

その馬術もまたバルッモンテのお墨付《すみつ》きであるレオンハルトの全力疾走《しっそう》に、再び引き離《はな》されていくサラ。

瞬間《しゅんかん》、愛馬グレンが高く嘶《いなな》き、突如《とつじょ》としてその駿足《しゅんそく》を止める。

危《あや》うく地面に放《ほう》り出されそうになったレオンハルトは、間一髪《かんいっぱつ》、馬上にこらえると、背後を振《ふ》り返った。グレンの足を止めたのは、仲間の一人である魔法使《まほうつか》いザインベルクであることをレオンハルトは即座《そくざ》に理解したからだ。

ザインベルクは微《かす》かに溜息《ためいき》を漏らすと、冷たい声でレオンハルトに告げた。

「頭を冷やせ。この大馬鹿野郎《おおばかやろう》が」

「……！」

「はあっ、やっと追いついた……勘弁《かんべん》してくれよ旦那《だんな》。こんな雨の中がむしゃらに進んでも効率が悪いし、無駄《むだ》に体力を削《けず》るだけだぜ」

遅《おく》れて到着《とうちゃく》した盗賊《とうぞく》ザイードからも、皮肉っぽく窘《たしな》められる。

レオンハルトは項垂《うなだ》れ、焦燥《しょうそう》に駆《か》られる心情を吐露《とろ》した。

「だが、ザインヴォルトの棲《す》む闇《やみ》世界シェダヘルムに行くには、この広大な世界各地に散らばった七つの石片《せきへん》を集め、聖なる石盤《せきばん》にはめて呪文《じゅもん》を完成させる必要があるが、俺たちがこれまでに集めた石片は四つ。まだ最低でもあと三つ、石片を探さなければならないんだ……もたもたしている間に、無辜《むこ》の民《たみ》たちが刻一刻と犠牲《ぎせい》になっていくと思うと、俺は……」

台詞《せりふ》が説明臭《くさ》すぎる……！

とりあえず、仲間と魔王を倒《たお》す旅をするファンタジー系の物語みたいだね。敵のボスがザインヴォルトで、味方の魔法使いがザインベルク？　盗賊もザがつくし、名前が似てるキャラが多くてややこしいな。なんだか壮大《そうだい》な物語になりそうだし、ちゃんとノート一冊でボスまでたどり着けるのかな……？

「よし、次はおれの番だな！」

野田君が意気揚々《いきようよう》と書き始める。

◆野田君パート

「レオンハルト、安心して。さっき、石片を一つ拾ったの」

女騎士サラがふところから石片をとりだしてみせた。

「おれもだ。あっちの方に落ちていた！」

盗ぞくザイードも、石片をポケットからとりだす。

「おまえたち……すごいぞ。これであと一つだ！」

レオンハルトは喜んだ。その時、馬のグレンが鳴いた。

「どうしたグレン……はっ、こ、これは！」

なんと、グレンが口にくわえていたのは、最後の石片だった!!

「奇跡《きせき》だ……おれたちのきずなが、奇跡をよんだんだ。これで石ばんが完成だ！」

レオンハルトたちは大喜びだ。

石ばんが完成すると、石ばんは光りだし、レオンハルトたちは大きな光に包まれた。

そして、とうとう闇世界シェダヘルムへたどりついたのだ!!


いきなり物語が怒濤《どとう》の勢いで進展したー！

てかご都合主義にも程《ほど》があるでしょ！　何、あっちの方に落ちてたって！

他《ほか》にもツッコミどころ満載《まんさい》だけど……まあ、これくらいのスピードで進まないと、七人でお話を完結させることなんてできないか。

◆続・野田君パート
目の前には、破壊神ザインヴォルトが立っていた。ザインヴォルトはすげー強そうだった。

「やっときたか……待ちくたびれたぞ」

ザインヴォルトがパチンと指を鳴らすと、レオンハルトたちの上に雷《かみなり》が落ちてきた。

「うわあああああああ」

レオンハルトたちはボロボロになった。

レオンハルトたちは死力をつくして敵に立ち向かったが、敵は強大で、最強だった。

「こ、これが破壊神の力……」

その時、どこかから、きようかなやさしい声が聞こえてきた。

〈勇者レオンハルトよ……こうさけぶのです。『超《ちょう》銀河合体クライマックス・インフィニティ』と……〉

レオンハルトは仲間の顔を見回した。仲間たちの目は、まだ死んではいなかった！

「みんな、いくぞ——「「超銀河合体クライマックス・インフィニティ！」」」

全員でさけんだ次の瞬間、レオンハルトの剣とサラの剣とザインベルクの杖《つえ》とザイードの短剣が合体し、一つのめちゃくちゃカッコいい大きな剣があらわれた!!

「な、なんだ、その神々《こうごう》しい剣は……」

「伝説の神剣、ファイナルエクスカリバーZだ！！！　悪よ、滅《ほろ》びよ！！！」

「うわああああああ」

こうして、レオンハルトたちはザインベルクをやっつけた！！！！

……終わったー！

あっという間にボスにたどり着いたと思ったら、もうやっつけちゃったよ！

「ちょっと野田、二人目で話を終わらせてどうするんだよ！」

「あ、しまった。ついヒートアップして……」

九十九君にツッコまれて、やべ、という顔をする野田君に、「待て」と口を挟《はさ》んだのは中村君だった。

「破壊神の名はザインヴォルト。ザインベルクは味方の魔法使いだ」

「げっ……本当だ。名前が似てたから間違《まちが》えた！　おれとしたことが……誤って仲間を討《う》つなんて……」

青ざめる野田君の肩《かた》を、高嶋君がポンと叩《たた》く。

「大丈夫《だいじょうぶ》だ。この先は俺に任せろ」

◆高嶋君パート

――そう、血にまみれ、倒れ伏《ふ》すのは破壊神、ザインヴォルトではなく、彼らの大切な仲間の一人、ザインベルクだった。

その事実に気付いた瞬間《しゅんかん》、レオンハルトたちの歓喜《かんき》は吹《ふ》き飛び、彼らは顔色を変えて傷ついた仲間の体を抱《だ》き上げた。

「ザインベルク！　しっかりしろ、ザインベルク！　これは……どうなっているんだ⁉」

「私たちは確かに、ザインヴォルトを倒したと思ったのに……」

その時、嘲《あざけ》りを含《ふく》んだまがまがしい声が響《ひび》き渡《わた》った。

「フッ……一体いつから――このわしを倒したと錯覚《さっかく》していた？」

――『BLE●CH』かい！

「パクリはダメ、絶対！」

「失礼な。これはオマージュでありパロディだ。幻覚《げんかく》はもはや定番パターンだし、言い回しだけならオフホワイトかグレーゾーンってことで。一線は越《こ》えてません！」

その言い訳をする人はほぼ例外なく真っ黒なんだけど……！

「オマージュってパクリをオブラートに包んだ言い方でしょ？」

私の指摘《してき》に、高嶋君は「全然違《ちが》う！」と力強く断言した。

「元の作品への愛や敬意を感じさせるものがオマージュ。更《さら》にネタとして楽しませることを目的としたものがパロディ。パロディの場合は真似《まね》をしたことが伝わらないと意味がないから、あえて元の作品がわかりやすくなるように表現することが多い。対して、元の作品の存在を隠《かく》し、あたかも自分のアイディアであるかのごとく盗用《とうよう》するものがパクリだ」

……今回は意図的にわかりやすく使ってるからパロディだ、と。

「俺の考えでは、パクリとオマージュとを分ける最大の決め手は、元の作品の作家がその表現の存在を知った時不快になるようなものかどうか。……つーわけで本来それらは全く別物だけど、感じ方は個人差があるから、実際線引きするのは難しいんだよな。『厨病《ちゅうびょう》』がこんなノリで続けられてるのも、多くの作家様たちの寛容《かんよう》な精神に依《よ》るものというわけだ」

ちょっと、メタな発言は止《や》めて！

リレー小説に戻《もど》ろう。うん。

◆続・高嶋君パート

幻術《げんじゅつ》を操《あやつ》る破壊《はかい》神は強かったが、一命をとりとめていたザインベルクの励《はげ》ましもあり、再びレオンハルトたちは必殺技《わざ》を放ち、今度こそ破壊神を倒《たお》した。

「やった……とうとうやったのね、レオンハルト！」

サラが顔を輝《かがや》かせ、レオンハルトにぎゅっと抱き付く。

「ああ！……大丈夫か、ザインベルク！」

大怪我《おおけが》を負った仲間に駆《か》け寄ったレオンハルトは、思わず息をのんだ。ザインベルクの破れた上着の隙間《すきま》からのぞくのは、やわらかな、二つのふくらみ——。

動揺《どうよう》を隠しながらもレオンハルトが唱えた回復呪文《じゅもん》によって、ザインベルクの傷はあらかた治ったが、ザインベルクはばつが悪そうにその頬《ほお》を赤く染めてうつむいた。

「気付かれてしまったようだな……そう、私は女だ」

「……そうか。実は薄々《うすうす》気付いていた。お前は男にしては……綺麗《きれい》すぎる」

「ば、馬鹿《ばか》ッ……何言って……！」

言葉をつまらせてから、思い切ったように赤くなった顔を上げ、ザインベルクは言った。

「レオンハルト、実は私は、ずっとお前のことを――」

「だめえええええ！」

告白を大声で遮《さえぎ》ったのは、サラだった。

「私だって、初めて会った時からずっとずっとレオンハルトのことが好きだったんだから！　私以上にレオンハルトのことが好きな子、他《ほか》にいないんだから！」

「ふふ、モテモテだねえ、旦那《だんな》♪」

からかうような声に振《ふ》り向くと、セクシーな美女がほほえんでいた。

「あたしは盗賊《とうぞく》のザイード。やっと破壊神にかけられていた呪《のろ》いが解けて嬉《うれ》しいよ。こうして本来の姿に戻れたことで、あたしも心置きなく……旦那に迫《せま》ることができる」

結局破壊神を一文で倒したと思ったら、なんかいきなりラブコメ……というかハーレム展開になった⁉

「俺の感覚ではザインベルクが凛《りん》としてしっかり者でちょっとツンデレなクール美人系で、サラが素直《すなお》で尽《つ》くすタイプの可愛《かわい》い犬系女子。ザイードが世慣れたセクシーなお姉さまってとこだな。モテモテのレオンハルトは果たしてだれを選ぶのか⁉　神展開だろ？　いいところでバトンを繋《つな》いでやったんだから、盛り上げてくれよ、九十九！」

ノートに目を通した九十九君は「勘弁《かんべん》してほしいね……」とげんなりしたようにぼやいていたけれど、やがてニヤリと笑《え》みを浮《う》かべると、シャーペンを動かし始めた。

◆九十九君パート

「サラ……ザインベルク……ザイード。俺には誰《だれ》か一人を選ぶことなんてできない」

（うっひょー。どうしよう、俺、モテすぎ！　こうなったら迷っているふりをしてその間に全員とイチャイチャしまくろう……）

レオンハルトが困惑《こんわく》した顔を見せながら、内心でそんなことを考えていたその時。

ザシュッと鮮血《せんけつ》が飛び、大きく目を見開いたまま、ザイードがくずおれた。

「どいつもこいつも……何あとから出てきて勝手なこと言ってるの？」

頬に血しぶきを受けながら、赤く染まる刃《やいば》をユラリと構え、どこか虚《うつ》ろな瞳《ひとみ》でサラが言う。

「私からレオンハルトを奪《うば》おうとする女は許さない！」

「サラ、何をっ……ああああっ」

息をのむ間もなく容赦《ようしゃ》のない一太刀《ひとたち》が再び閃《ひらめ》き、魔法使《まほうつか》いもすぐに物言わぬ骸《むくろ》と化した。

「ねえ……これで邪魔者《じゃまもの》はいなくなった。やっと……私たちは一つになれるね……」

「うわあああ、来るな！　来るなあ！」

全身に返り血を浴びて狂気《きょうき》の笑みを浮かべながら、ゆっくりと近づいてくるサラに、取り乱すレオンハルト。

「レオンハルト……私を拒絶《きょぜつ》するの？　……ひどい……私のものにならないなら、いっそ貴方《あなた》もこの手で……！」


「サラがヤンデレ化!?　こら九十九！　なんでウハウハハーレムがバトルロワイヤルになるんだよ!?」

「こっちのがスリリングで盛り上がるだろう？　だいたい一人の男を取り合う女たちが仲良しこよしでおとなしく選ばれるのを待ってるハーレム状態とか、都合がよすぎるんだよ。リアルじゃもっとギスギスしてドロドロになるはずだ」

ヤンデレも全然リアルじゃないと思うけど……。

「おい、それより問題は二行目だ。勇者レオンハルトがただの下種野郎《げすやろう》に……！　俺の編み出した格調高い本格ファンタジーはどこへ行ったんだ！」

中村君もう我慢《がまん》ならないとばかりに声をあげる。

「品行方正なお人形みたいな登場人物ばかりが出てくる物語なんておもしろくもなんともない。まあ、一応ストーリーの軸《じく》は戻しておいたから、もう少し読み進めてごらんよ」

得意顔でノートをトントン、と指で叩《たた》いてみせる九十九君。

もはやストーリーの軸とかあったもんじゃない気がするけど……？

◆続・九十九君パート

——人間というものはどこまでいっても愚《おろ》かだと、破壊神ザインヴォルトは思う。

弱く、脆《もろ》く、己《おのれ》の分際もわきまえず、見果てぬ夢に溺《おぼ》れ、散っていく。

そして、同じ過ちを、何度も繰り返す——。

目の前では、勇者レオンハルトとその仲間たちが、虚ろな顔をして無防備に佇《たたず》んでいる。

そう、奴《やつ》らはまだ、幻惑《げんわく》の術中、破壊神の掌《てのひら》の上で弄《もてあそ》ばれているのだ。

（……こいつらなら、暇潰《ひまつぶ》しくらいにはなるかと期待していたのだが、な……）

実はレオンハルトの故郷、アヴェロニア大陸は、ザインヴォルトにも縁《ゆかり》のある土地だった。

ザインヴォルトがまだ破壊神《はかい》と呼ばれる前、別の名前で生きていた時代に……。

不意に懐《なつ》かしい旋律《せんりつ》が聞こえた気がして、息をのむザインヴォルト。

（くだらん。このわしが感傷に浸《ひた》るなど……）

ザインヴォルトはふ、とため息を漏《も》らすと、パチンと指を鳴らした。

刹那《せつな》、轟音《ごうおん》とともに巨大《きょだい》な隕石《いんせき》が落下し、レオンハルトたちの命はあえなく露《つゆ》と消えた。

「……虚《むな》しいな」

音のない世界で、破壊神は、乾《かわ》いた笑みを貼《は》り付かせて、呟《つぶや》いた。


本当だ、ファンタジー路線には戻《もど》ってる。

実はまだ敵の術は解けておらず、破壊神は倒されていなくて、高嶋君パートのハーレム部分は全部幻覚だった……って形にしたわけだ。

でも、勇者パーティー死んじゃったんですけど！

中村君は「俺の……レオンハルトが……！」とガクリと膝《ひざ》をついてすっかり消沈《しょうちん》している。

「零。破壊神がかつては人間風なところとか、懐かしい旋律とか、伏線《ふくせん》っぽいけどどうするか考えてるのか？」

「全然。それっぽいのを適当に書いておいただけ」

「おい！　丸投げかよ!?」

「それがリレー小説の醍醐味《だいごみ》でしょ？　まあせいぜい苦しんでよ」

ニヤニヤする九十九君に、顔をしかめてシャーペンを握《にぎ》りしめる厨君。

「この野郎……ラスボス一人残った世界でどうしろってんだよ」

◆厨君パート

破壊神が己の居城へと帰ろうとしたその時。

彼の余裕《よゆう》に満ちていた瞳に、驚愕《きょうがく》の色が奔《はし》った。

「体が……動かない……!?」

「策士策に溺れるとはこのことだな、ザインヴォルト！」

振り向いた先にいたのは、レオンハルトによく似た顔立ちの、気品と自信に満ち、端麗《たんれい》でありながらも研《と》ぎ澄《す》まされた鋭《するど》い眼光と野性味のある圧倒《あっとう》的オーラをまとった一人の若者だった。

「貴様は何者だ!?」

「俺の名は刹那《せつな》——真の予言の勇者だ」

　ここにきていきなり新キャラでたー。しかも刹那って！

「厨二葉。貴様、俺には竜翔院凍牙を封《ふう》じておきながら、なんだこの展開は！」

「そうだよ、小説に自分を出すな！　マジで痛々しい！」

「ホワッツ？　何のことだかわかんねーな」

　厨病《ちゆうびよう》ボーイズにいっせいに詰《つ》め寄られても、白を切る厨君……まだ【†刹那　騎悧斗†】

＝自分ってことを隠《かく》し通すつもりらしい。

　いや、部内ではもう今までの言動で完全にバレてるから。

「この先の展開が熱いんだよ。俺の鮮《あざ》やかなテクに酔《よ》いしれな！」

◆続・厨君パート
「ば、馬鹿《ばか》な……！」

「レオンハルトは影武者《かげむしや》だったのさ。あいつらが正面からてめーに戦いを挑《いど》み、時間を稼《かせ》ぐ間に、俺が人知れず結界を完成させる……間一髪《かんいっぱつ》だったが、間に合って良かったぜ」

不敵な笑《え》みを浮《う》かべる刹那の言葉とともに、四つの影《かげ》が、破壊神の周囲に降り立つ。

それは、隕石で死亡したはずのレオンハルトたちだった。

「まさか……助かるなんて、な。幼き日、自分が影武者だという運命を知ったその時から、死を覚悟《かくご》してきたのに……」

自分でも信じられない、という表情で語るレオンハルトたちを見て、破壊神は呻《うめ》く。

「貴様ら……なぜ……」

「ザインヴォルト。てめーもまた気付かないうちに、俺の幻惑にハマってたんだよ」

「……クッ……！」

「無駄《むだ》だ。てめーの魔力は全《すべ》て封じた」

刹那の伸《の》ばした手に眩《まばゆ》い光が集まり、伝説の神剣《しんけん》が顕現《けんげん》する。それは、真の勇者が握ることにより、超《ちよう》新星爆発《ばくはつ》をも凌駕《りようが》する凄《すさ》まじい威力《いりよく》を発揮するのだ。

「……アデュー」

刹那がそう告げた直後、破壊神の体は——今度こそ嘘偽《うそいつわ》りなく完全に——真っ二つに切り裂《さ》かれ、断末魔《だんまつま》の叫《さけ》びさえも残す暇《ひま》なく、巨悪《きよあく》は消滅《しようめつ》した。

「……♪……」

剎那の唇《くちびる》から、どこか郷愁《きようしゆう》を誘《さそ》う切ない口笛の音色が零《こぼ》れだす。

それは、アヴェロニア大陸に古くから伝わる、子守歌《こもりうた》。かつては人間でありながら、闇《やみ》へと堕《お》ちた哀《あわ》れな男に贈《おく》る、永遠の眠《ねむ》りへの手向《たむ》けのメロディだった——。


「どーよ？　中村が書いてた『レオンハルトの誰にも言えない深い傷』＝影武者だった、というこの解釈《かいしやく》は。他《ほか》にも野田の『伝説の神剣』、高嶋の『錯覚《さつかく》』、零の張った思わせぶりな『元人間』ってところや『懐かしい旋律』まで網羅《もうら》したパーフェクトな伏線回収っぷり。ちなみに零のところで破壊神が聞いた旋律は剎那が吹《ふ》いた口笛であり、その時点で結界は完成しており、破壊神はすでに剎那の幻惑に落ちていた、ということを示唆《しさ》する構造にしたわけだ」

鼻高々で自分の書いたものを解説する厨君。確かによくこじつけたとは思うけど……。

「自分の書いたものを作品外でつらつらと説明するのは、己の表現力のなさを露呈《ろてい》するようなものだぞ」

「痛い。何より自己投影《とうえい》しまくったキャラに一番美味《おい》しいとこ持っていかせて、悦《えっ》に入ってるのがどーしよーもなく痛い」

「戦闘中《せんとう》で味方がピンチなのに口笛とか……さすがに調子に乗り過ぎじゃないか？」

「自分に酔い過ぎてて寒い。なんだよこのキャラ……あ、二葉の分身だっけ」

「ああ？　なんだよてめーら、もっと素直《すなお》に賞賛しろ！」

ドン引きする厨病ボーイズの方に、私も同感だった。感心より痛々しさが上回る……。

「ふむ、刹那というのは厨二葉の別称《べっしょう》なのか」

「あ、うん。そんな感じだよ」

私が肯定《こうてい》すると、莉夢ちゃんは「ほうほう……」と頷《うなず》きながら、ノートに視線を戻した。

「みんな、全然先のこと考えずに自分のパートでお話を終わらせちゃうから、展開に困るよね……」

「いや……問題ない。インスピレーション湧《わ》きまくりじゃ」

そう言って顔を上げた莉夢ちゃんは、なんだか邪悪《じゃあく》な笑みを顔いっぱいにたたえていて。

「り、莉夢ちゃん……？」

私が思わずたじろいだ次の瞬間《しゅんかん》。

莉夢ちゃんは物凄《ものすご》い勢いでノートに文章を書き殴《なぐ》り始めた。

◆莉夢ちゃんパート

不意に口笛の音色が震《ふる》え、旋律《せんりつ》が不自然に途切《とぎ》れた。

「どうしてこうなっちまったんだろうな、レイ……」

ガクリと力を失ったように地面に膝《ひざ》をつき、苦しげに独白した刹那の脳裏《のうり》に浮かぶのは、かつて彼がアヴェロニア大陸でも有名な全寮制《ぜんりょうせい》魔法学校の生徒であった頃《ころ》、そして、破壊《はかい》神ザインヴォルトがまだ人間の『レイ』であった頃の、数々の思い出。

ザインヴォルトが悪魔と契約《けいやく》を交《か》わし、闇に堕ちる際、彼にとって最も大切なものを手放していた。それが、不運極《きわ》まりない生涯《しょうがい》を送ってきたレイにとって唯一《ゆいいつ》の癒《いや》しの日々――波瀾万丈《はらんばんじょう》で時に傷つきながらも途方《とほう》もない愛と幸福に満ちた、学生時代のかけがえのない日々の記憶《きおく》であった。

実は刹那とレイは、かつて魔法学校で五年間、同室で過ごした学友同士だった。

最初はなんとなくウマが合わず、魔法でも剣術《けんじゅつ》でも何かと張り合ってばかりのライバル同士であり、喧嘩《けんか》ばかりしていたが、いつしか**友情を超《こ》えた激しく深い愛で身も心も強く結ばれる二人**。しかし甘美な蜜月《みつげつ》の時は長く続かなかった。刹那の元恋人《こいびと》であるタカト、タカトの幼馴染《おさななじみ》である天然小悪魔ノイン、レイに横恋慕《よこれんぼ》するあまり闇魔術に傾倒《けいとう》すること になるリュウガの五人の想《おも》いと関係が絡《から》み合い、やがて、世界を絶望へと導くあの悲劇が始まる——今こそ語られるのは、破壊神ザインヴォルト誕生秘話。

これは、運命に翻弄《ほんろう》された悲劇の若者たちの愛と因縁《いんねん》の物語——。

「「「ってなんだこりゃー！」」」

ノートを読んだ厨病ボーイズが蒼白《そうはく》になって叫《さけ》んだ。

「破壊神の本名がオレと同じなのはともかく、なんでそいつが二葉の分身と『激しく深い愛で身も心も強く結ばれ』てるわけ⁉」

「おぞましい……なんつうホラーだよ！」

「⁉⁉⁉」

「これ、絶対俺たちがモデルだろ⁉　元恋人……やめろおおお」

「よ、邪《よこしま》な視線と妄想《もうそう》で俺の存在が汚《よご》されていく……ぐあああ、なんという精神攻撃《こうげき》……！」

ガクガクと震えながら、悶絶《もんぜつ》する一同。（ただし、野田君だけはよく解《わか》っていないようで一人、目をパチクリさせている。）

なんと莉夢ちゃん……腐女子《ふじょし》だったのか！

念のため説明すると、腐女子とは男同士の恋愛（ボーイズラブ。通称《つうしょう》BL）を妄想して楽しむ女子たちのことである。

「攻《せめ》」の反対を聞かれた時、とっさに「守《まもり》」じゃなくて「受《うけ》」だと思ってしまう人たち。

破壊神の過去編という体《てい》で語られるその莉夢ちゃんのBL小説は、刹那とレイの禁断の関係を軸《じく》として、他のキャラたちの愛憎《あいぞう》入り乱れるめくるめく五角関係が、迸《ほとばし》る情熱と丹《たん》念《ねん》な描写《びょうしゃ》で以《もっ》て見開き一ページどころかノートの最後のページまで、びっしりと書き込まれていた。

『あっ……ン、ダメ、そこは……』ってかなり際《きわ》どいシーンもあるんですけど!?

……うわ、こ、こんなことまで……ちょっ、これはさすがに……きゃー、ダメだって

……きゃー、きゃー……か、過激……！（ドキドキ）

「すまん、つい歯止めが利《き》かず……シスター・瑞姫の書くスペースまでつぶしてしまったのう」

「それは全然気にしないで！　続きを書けと言われても書けないし……」

いつになく申し訳なさそうに莉夢ちゃんから謝られて、うっかり読み耽《ふけ》っていた私はドギマギしながらも力いっぱいそう返した。

てか、自重すべきなのはそこじゃないよね……！

「……シスター・瑞姫は優《やさ》しいのう」

いやいや、ただの本心だから。

「莉夢ちゃんが突然《とつぜん》ヒーロー部に入部するって言い出したのも、彼らの言動に何かしらくすぐられるものがあったからなの？」

「うむ」

ふと思いついて尋《たず》ねてみたら、莉夢ちゃんは実に嬉《うれ》しそうに頷いた。

「やはり王道は幼馴染でもはや夫婦《ふうふ》かよというツーカーな高嶋×野田と会うたびに喧嘩し

ながらも離《はな》れられない引力をもつ厨×九十九の双璧《そうへき》だとは思うが色々と通じ合っている野田×中村のやんちゃ攻×天然真面目《まじめ》受も良いしヴィジュアル最強で共通の趣味《しゅみ》をもつ高嶋×厨も良いが後者は順番にまだ悩《なや》んでいていっそ厨×高嶋でリバーシブルもアリかもしれぬし厨×中村のA組コンビも可能性は無限大だし野田×九十九・高嶋×九十九・中村×九十九・厨×九十九が同時並行の九十九総受妄想も楽しいというわけでまだ一押しカプは定まっておらぬのじゃが――」

「ごめん莉夢ちゃん、早口で全然聞き取れない……！」

私が制すると、莉夢ちゃんはコホン、と気を取り直すように咳《せき》をして、「つまり」と一言でまとめた。

「あっちもこっちもかけ放題じゃ」

――ケータイの定額プランじゃないんだから！

「この腐《くさ》りきった世界で……BLだけが妾《わらわ》の心を癒《い》やし慰《なぐさ》める」

「「「腐りきってるのはお前だ!!」」」

青ざめた男子たちから総ツッコミが入る。

いつもマイペースな厨病《ちゅうびょう》ボーイズをここまで動揺《どうよう》させるとは……莉夢ちゃん、恐るべし。

その後、ヒーロー部内でリレー小説が行われることは、二度となかった。

第四章 若きモブ4の悩み

「うーん、何か大切なことを忘れてる気がする……」

四月下旬《げじゅん》の水曜日。部室のぶら下がり健康器につかまりながら、野田君が呟《つぶや》いた。

「なんだ、宿題？　提出物？」

「生活費の引き出しとか、電気代の支払《しはら》いとか」

「アニメや特撮《とくさつ》の録画タイマー」

「冷蔵庫の中の食べ残しじゃない？」

「俺は前世の記憶《きおく》とみたぞ」

みんなが口々に思いつくことを言ってみたけど、野田君は首を振《ふ》った。

「全部違《ちが》う」

「初恋《はつこい》の幼馴染との遠い日の約束……などということはないかのう？」

ふっと頬《ほお》をゆるめる莉夢ちゃんに、高嶋君が「そこで俺に視線を向けるな！」と悲鳴をあげる。

「ん～、ま、そのうち思い出すだろ」

「そういえば、みんなの初恋っていつだった？」

なんとなく尋ねてみたところ、厨病ボーイズはいっせいにキョトンとした。

「あんまりはっきり覚えてないけど、初めて好きになったのはやっぱり初代ウルトラマンだったか……？」

「野田君、それは恋とは違うと思う」

「じゃあ、恋ってどんなだ？」

眉《まゆ》を寄せながら真正面から尋ねられて、言葉に詰《つ》まった。

「……え、と……」

改めて言葉にしようとすると、恥《は》ずかしい話題だ。

野田君は私の反応に全神経を集中させるみたいに、じいっと物おじしない瞳《ひとみ》で覗《のぞ》き込んでくるので、ますます気恥ずかしさが沸《わ》きおこり、思考がまとまらない。

「特別に好きってことだよ。個人差はあるけど、たとえばその人の姿を見るだけでも嬉しくてテンション上がって、胸がドキドキして苦しくなったり、体が熱くなったり……気が付けばいつもその人のこと考えてたり」

助け舟《ぶね》を出してくれたのは高嶋君だった。

ホッとすると同時に、へえ、よくわかってるな……と感心したのもつかの間。

「俺の初恋は『しゅごキッズ！』のあみちゃんだったな！」

私たちが幼稚園《ようちえん》の時にやってたアニメのキャラ名を堂々と主張されて、脱力《だつりょく》する。

そんな小さな頃《ころ》からすでにオタクの兆候が……。

「しっかり者で強がってるけど実は乙女《おとめ》で恥ずかしがり屋で、あみちゃん、可愛《かわい》かったなあ……小学生だからさすがに嫁《よめ》にはできないけど、ずっと大好きだぜ」

「それならおれはウルトラマンメビウスだな！　それまで観《み》てきた特撮の中でも特に大好きで、いつもドキドキしながら熱くなって観てたし、最終回は別れが悲しくて苦しくなったし……主題歌がまた最高で、何度聴《き》いてもテンション上がるし胸熱なんだ」

……うん、野田君も安定の野田君だ。

「俺にとっての初恋は……やはり、一番初めの生で巡《めぐ》り合ったあの女になるのだろうな。白ノ国《しろのくに》第七十五代国王、如月風露《きさらぎふうろ》……もはや何千年も前の記憶だが、昨日のことのように思い出すことができる。完璧《かんぺき》主義で気が強い男勝《おとこまさ》りの女だったが、実は脆《もろ》さも隠《かく》し持っていることを俺だけが知っていた――」

フッ……と遠い目をして何やら語り始める中村君は、妄想《もうそう》世界のオリキャラが相手みたい。この調子じゃ、やっぱり現世ではまだだろうな……。

「オレは年中の時で、相手は幼稚園の先生」

「さすが九十九、普通《ふつう》！」

「実にありがちな話だな」

「おまえらに比べたら断然マシだろ!!」

「へえ、幼稚園の先生……どんな人だったの？」

私が尋《たず》ねると、九十九君は心なしか頬を赤らめつつも、なんでもなさそうな表情で肩《かた》をすくめてみせた。

「正直、ほとんど覚えてないんだけどね。淡《あわ》い恋心ってやつさ」

「そーいや先生の結婚《けっこん》が決まって退職することになった時、おまえマジ泣きしてたもんな」

「泣いてないし。人の過去をねつ造するな！」

「いーや泣いてた。ピーピー泣いてて超《ちょう》ウザいと思った」

「厨君は？」

途端《とたん》に、それまで九十九君をからかって意地悪く微笑《ほほえ》んでいた厨君の頬が、こわばった。

「あー……小四、とか？」

とか？

「どんな子？　クラスメート？」

「まあ、そんなところだ」

歯切れの悪い厨君に、九十九君がフフンと見透《みす》かしたように口の端《はし》を吊《つ》り上げる。

「嘘《うそ》だね。こいつも初恋まだだよ。偉《えら》ぶってるくせにまだまだお子ちゃまなのさ」

「ハア？　なんだその勘違《かんちが》いマウンティング。俺がてめーの何倍告られてきたと思ってんだ……あ、ゼロに何かけてもゼロだからそもそも計算できねーな！」

「おまえのデリカシーなんてゼロどころかマイナスだろ！」

……厨病《ちゅうびょう》ボーイズは九十九君以外、全滅《ぜんめつ》なのか……！

「それで、聖サンはどうなんだい？」

聞き返されて、しまった、と思った。そりゃ自分にも矛先《ほこさき》が向けられるよね……。

「私は……小学五年生の時かな。通りすがりの」

「仮面ライダーか⁉」

「大和ちょっと黙《だま》ってろ」

「──高校生くらいのお兄さん。名前も知らないままなんだけど」

ええっ、とみんなに驚《おどろ》かれて、少しくすぐったい気分になる。

「一目惚《ひとめぼ》れってこと⁉」

「どういう状況《じょうきょう》だよ？」

「詳《くわ》しいことは秘密」

自分から聞いておいてゴメン、と思いつつ、そこでシャットアウトした。

一目惚れ……になるのかな？

綺麗《きれい》な顔をしてた気はするけど、それだけでなく、話し方とかまとっている雰囲気《ふんいき》とか、存在そのものがそれまで会った誰《だれ》とも違うように感じられて、ドキドキした。

彼が、初めて出会った自分と同じ「能力」をもった人だったから……ってのももちろん大きいんだろうけど、あんなにもっと知りたい、近づきたいと思った人はいないし、しばらくは思い出すたびに甘酸《あまず》っぱい気持ちになったから、やっぱり初恋《はつこい》でいいんだと思う。

「聖がまさかの面食いとは……ってことはやっぱり密《ひそ》かに俺のことを⁉　悪いな、俺は二次元の彼女たちだけで手一杯《ていっぱい》なんだ」

「あー、残念残念。高嶋君のそーゆーところが本当に残念」

「瑞姫が惚れるなら、さだ●さしとか綾小路《あやのこうじ》き●まろとかのラインかと思ってたぜ」

「どんだけシルバー世代だと思われてるの私⁉　——まあ、たぶん年上好みだとは思うけど」

「そ、そうなの⁉　先生とか？」

「別に具体的な相手がいるわけじゃないけど……莉夢ちゃんは？」

私が話題を振《ふ》ると、またメモに何か書き込んでいたゴスロリ少女は、それまで浮《う》かべていた怪《あや》しい含《ふく》み笑いを消して、少し遠い目をして語り始めた。

「二年前のことじゃ……外出先であやつを一目見た瞬間《しゅんかん》、雷《かみなり》にでも打たれたような衝撃《しょうげき》を受けて、妾《わらわ》はあやつの虜《とりこ》になってしまった」

「木下も一目でフォーリンラブタイプ⁉」

「どんな奴《やつ》だったんだ？　話しかけたりしたのか？」

「細身ですらりとして、どこかミステリアスで……つれない男で、最初はなかなか心を開かなんだが、妾が毎日通い詰《つ》めることであやつも次第《しだい》にデレを見せるようになってのう……去年はついに、寝所《しんじょ》を共にする仲になった」

「……！　……」

ぽっと頰《ほお》を染めながら莉夢ちゃんが零《こぼ》した爆弾《ばくだん》発言に、一同言葉を失った。

「え、てことはまさかの彼氏持ち⁉」

「どーせ犬とか猫《ねこ》とかのペットなんだろ？」

「まさかとはなんじゃ、失礼な。それにペットなどではない！　銀《しろがね》は妾にとって最愛の、生涯《しょうがい》の伴侶《はんりょ》となる存在じゃ」

「わかった、また前世の記憶《きおく》や二次元キャラの脳内彼氏でしょ⁉」

「違う！　――これが妾たちの愛の証《あかし》じゃ」

そう言いながらドレスの袖《そで》をまくった莉夢ちゃんの前腕部《ぜんわんぶ》には、まるでロープで縛《しば》ったような跡《あと》が残っていた。

こ、これは……！

「そんな趣味《しゅみ》が……⁉」

「激しいな‼」

「普段《ふだん》は穏《おだ》やかな男なのだが、意外に束縛《そくばく》は強くてのう……」

どよめく一同に、少し困ったように笑ってみせる莉夢ちゃん……束縛ってまんま縛られちゃってるんだけど⁉

「だが、こんなことは滅多《めった》にないぞ。この夜はたまたま気が荒《あ》れていたようじゃ」

意味深な莉夢ちゃんの言葉に、みんなもはや何も言えずに目を白黒させていた。

そんなこと言われたら色々と妄想が暴走しちゃうんですけど……！

それにしても、銀さんって言ったっけ……莉夢ちゃんに、そんな深くお付き合いしてる人がいたなんて……。

「寡黙《かもく》で表情はわかりにくいし、周囲から誤解されやすいのだが、本当はデリケートで愛《う》い奴なのじゃ。よく見ると、可愛《かわい》い目をしておるしのう」

そう語る莉夢ちゃんの頬は紅潮し、目はキラキラと輝《かがや》いている……本当に好きなんだなあ。

「そんなに思える相手がいるなんて素敵《すてき》だね。なんだか、当てられちゃうな」

「ふふ、毎日接吻《せっぷん》する程度にはラブラブじゃ。あやつの巧《たく》みな舌遣《づか》いにはいつもドキドキさせられるぞ……」

「莉夢ちゃん！　もういい！　これ以上は刺激《しげき》が強すぎるから！」

放置しておくと問題発言を連発しそうな勢いの後輩《こうはい》に慌《あわ》ててストップをかけた時、下校の鐘《かね》が鳴った。

はー、もう……顔が熱い。

まさか一番年下の莉夢ちゃんが、断トツで恋愛《れんあい》有段者だったなんて……。

「莉夢ちゃん、私は偉そうなこと言える立場じゃないけど、その……自分を大事にしてね。

嫌《いや》なことは嫌って言うんだよ？　何かあれば相談に乗るし」

帰り際《ぎわ》、余計なお世話かもしれないけど、心配になってそう言うと、莉夢ちゃんはパチパチと目を瞬《また》いてから、かすかに頬を染めて呟《つぶや》いた。

「……シスター・瑞姫にならば、銀と面会させてやっても良いかもしれぬな……」

「えっ、紹介《しょうかい》してくれるの？」

すごく会ってみたいけど、過激な話を聞いた後だからちょっと気まずい……でも会ってみたい。

そんな複雑な思いを抱《いだ》きながら聞き返すと、莉夢ちゃんはコクリと頷《うなず》く。

「混沌《こんとん》の円環《えんかん》の焼き方を教えてくれたしのう」

混沌の円環……⁉　あ、お好み焼きのことか。あれくらい別にたいしたことじゃないけど……なんだか懐《なつ》いてくれてるみたいなのは嬉《うれ》しかった。

☆★☆

莉夢ちゃんの衝撃の告白から一夜明けた、木曜日。

「よし、行こうぜ大和」

「おう。ピンク、パープル、行ってくる！　応援《おうえん》しててくれ」

「うん、がんばってね」

「問題発言には気を付けてくれよ？」

四時間目終了のチャイムが鳴るやバタバタと教室を出て行く高嶋君と野田君の姿を見て、アリスちゃんが目を瞬いた。

「何事ですの？」

「今日のお昼の放送は、ヒーロー部の担当なんだよ」

私の言葉に、「そういうことですか」と納得《なっとく》した様子で頷くアリスちゃん。

皆神高校では先週から、新入生に向けての部活動紹介を兼《か》ねて、各部活の有志が持ち回りでお昼の校内放送をする特別番組が始まっていた。

そして、今日はヒーロー部から、パーソナリティーとして野田君、高嶋君、中村君が参加するのだ。

「これから学食で、残りのメンバーで集まって放送を聴《き》こうと思ってるんだけど、アリスちゃんと景野君も来る？」

「今日は生徒会室で食べることになってますの。明日《あした》の離任《りにん》式の準備があるので……でも、放送は聴いてますわね」

「そうなんだ。がんばってね」

答えながら、そうだ、離任式！　とハッとした。

「九十九君、野田君が忘れてたことって、古川先生へのお花のことじゃない？」

「あー、なるほどね。木下サンのインパクトが強すぎて忘れてた……」

その件に関しては放課後、話し合うことにして、ひとまず学食へと向かう。


「零、瑞姫、ヒアー！」

地下にある学食はたくさんの生徒たちで混雑していたけれど、厨君が先に来て、席をとってくれていた。向かいには莉夢ちゃんも座っている。

「九十九君は鶏《とり》の竜田揚《たつたあ》げ？　美味《おい》しそう……私もそっちにすれば良かったかな」

「あ、良かったら一切れ食べる？」

「サンキュー」

「っておい！　二葉には言ってないし！」

「落ち着け。代わりにほうれん草の小鉢《こばち》をやるから」

「嫌《きら》いなもの押し付けてるだけだろ！　カツ寄越《よこ》せカツ！」

「……ふむ……今日も捗《はかど》るのう……」

「莉夢ちゃんはハヤシライス？」

「ハッシュドビーフじゃ」

わざわざカッコよく言いかえた！

わかめ蕎麦《そば》をつるつるっとすすっていたら、程《ほど》なくして、スピーカーからお馴染《なじ》みのお昼の校内放送のオープニング曲が流れ始めた。

高嶋君『こんにちは〜。春の部活動キャンペーン、今日の担当はヒーロー部です。パーソナリティーはこの俺、２‐Ｃの高嶋智樹と』

野田君『同じく2 - C、野田大和と』
中村君『2 - A、竜翔院凍牙だ……俺たちに託《たく》された時間はわずかだが、せいぜい悔《く》いの残らぬよう任務を遂行《すいこう》するつもりだ』
始まった始まった。放送委員の高嶋君はさすがに手慣れた感じだけど、他二人もさすが究極のマイペースというべきか、緊張《きんちょう》した様子は感じられない。
高嶋君『木曜日はお悩《なや》み相談の日。というわけで、みんなから投稿《とうこう》された悩み事に俺たちがお答えするぜ。——ちょうどヒーロー部らしいコーナーだな』
野田君『ああ、ヒーロー部は〈組織〉と戦って世の平和を守るのと同時に、困った人を助ける部活だからな！　ただいま新入部員を募集中《ぼしゆうちゆう》だ。今この放送を聴いてる君！　君も一緒《いっしょ》に正義の汗《あせ》を流そうぜ！』
中村君『それでは、早速《さっそく》一通目を読むぞ。PN《ペンネーム》，匿名《とくめい》希望Sさん。「僕は地味なのが悩みです。顔も成績もスタイルも普通《ふつう》で、名前も平凡《へいぼん》。こんな自分を変えたくて、ちょっと変わった部活に入ったのですが、すぐに廃部《はいぶ》になってしまいました」』

――モブ4だ！　これ投稿したの、絶対モブ4の中の誰《だれ》かだ……！

中村君『「どうやったら、地味じゃなくなりますか？」……と、いうことだが……』
野田君『ど、どうしたらいいんだろうな？』
高嶋君『あ～……と、とりあえず、外見変えてみたらどうだ？』

三人もさすがに気付いたようで、少しの間微妙《びみょう》な空気が流れたが、そ知らぬ素振《そぶ》りで放送を続けることにしたようだ。

高嶋君『髪《かみ》色一つでイメージ変わるぜ。おススメはやっぱ金髪《きんぱつ》！』
中村君『安易だな。己《おのれ》に合わない虚飾《きょしょく》をし、世間に迎合《げいごう》するなど衆愚《しゅうぐ》の極《きわ》み。真に魂《たましい》から輝《かがや》くものは、着飾《きかざ》る必要などないのだ――この俺のように』

まあ、中村君は恰好《かっこう》は地味だけど地味とは程遠いよね。

目立つというよりは悪目立ちしてるけど。
野田君『つまりカッコ良くなりたいんだろ？　ならヒーローになればいい！　匿名希望Sさんも、ヒーローになって輝こうぜ！　ヒーロー部は君を待っている！』

お、野田君、うまくまとめた。

中村君『次なる迷える子羊は……PN、やじろべーさん。「こんにちは。僕はこの春、皆神高校に合格した一年生です。僕の成績ではギリギリだったけど、好きな女の子が皆神を受けるというので必死に勉強して、なんとか滑《すべ》り込みました」……ほう、なかなか骨のある男だ』
野田君『めでたい！』
高嶋君『青春だな〜。実は俺も皆神の校舎が〈アイライブ！〉の夢《ゆめ》が丘《おか》学園の校舎と似てたから、受験がんばったんだ。やっぱ愛は原動力だよな！』
野田君『おれは名前がなんかカッコ良かったから皆神にしたぞ！』

中村君『俺は……不思議な声に呼ばれて、だな。この高校に入れば何かが起こる、と第六《シックス》感《センス》が告げていた』

ヤバい、この放送……ツッコミが不在！

中村君『続きを読むぞ。「彼女も無事合格し、クラスは別だったものの、同じ部活に入ることになりました。彼女は可愛《かわい》いけどちょっと変わった子で、僕のことを下僕扱《あつか》いしてきましたが、」』

――下僕⁉

中村君『「僕は一緒に過ごせるだけで幸せでした」……ふむ、まさに人生の春だな』

いやいや、今さらっと「下僕」とか言ってたよ？　流さないでよ、そこ！

中村君『「けれど、訳あって彼女が作るはずだった部活は解散することになり、僕は捨てられました。彼女のために必死にがんばってきたのにあんまりです。僕はどうしたらいいのでしょうか？」』

──またモブ4だ！『PN，やじろべー』ってことは、片足立ちの佐藤君？

莉夢ちゃんのことが好きだったのか……でも莉夢ちゃん、彼氏持ちだしな……。

思わず彼女の方を見る私たちに、ゴスロリ少女は、顔色一つ変えず無情にも言い切った。

「どうでもいい」

──容赦《ようしゃ》ねえ……！

「ここまでバッサリ斬《き》るなんて……」

「初めてこいつが本物の魔王《まおう》に見えたぜ……」

ゴクリ、とつばを飲み込みながら九十九君と厨君も慄《おのの》いている。

高嶋君『ここはこの俺、恋愛《れんあい》マスターこと高嶋智樹がお答えしよう。失恋の傷は、新たな恋《こい》でしか癒《い》やされない。しかし、リアルの女なんてロクなもんじゃないからな、そんな奴《やつ》らに恋をしてもまた傷つくことになるだけだ。結論――二次元の彼女を作れ！　以上』

暴論でたー。

野田君『よし、三つ目の相談だ。ＰＮ，たかやんさん。「僕の得意料理は野菜炒《いた》めです」』

またしてもモブ４っぽい！

なんなの？　この相談コーナーってモブ４しか投稿してないの⁉

野田君『「ただ、先日お家《うち》デートで彼女に作ってあげたところ、普通に美味《おい》しいけどなんかパッとしないね、と言われてしまいました。とてもショックです。野菜炒めはパッとしませんか？」……よくわかんないけど、美味しいならいいんじゃないか？』

高嶋君『あの野郎《やろう》、さり気にリア充《じゅう》だったのか……コホン、野菜炒めってありあわせで誰でも作れるってイメージあるからな～。これが回鍋肉《ホイコーロー》とか青椒肉絲《チンジャオロース》とか鶏肉《とりにく》のカシューナッツ炒めとかいうと、同じ野菜炒めでもワンランク上な感じする』
中村君『うむ、名称《めいしょう》が宿す言霊《ことだま》は本質を司《つかさど》るからな……センスある命名をすれば万事《ばんじ》解決するとみた。そうだな……【業火《ごうか》で炙《あぶ》られし大地の恵《めぐ》み】と書いて「ブレッシング・オブ・ジ・アース・インフェルノ」と読むのはどうだ？』
野田君『かっけー！　さすがブラック！』

彼氏がそんな料理出してきたら引くよ！

高嶋君『女子受けがよさそうな小じゃれた名前のがいいんじゃねーか？　【シェフの気まぐれチャンプルー～せせらぎ風】とか』
野田君『なるほど、○○風ってのもいいな！　得意料理ってことは、必殺技《わざ》ってことだろ？　なら【最終奥義《おうぎ》炒め～ウルトラ風】！』

……三分で作れる的な？

野田君『というわけでPN，たかやんさん、好きな名前を使ってくれ！ じゃあ、次の手紙に行くぞ。「二週間前のことです。夜、学校の傍《そば》を通りかかった時、誰《だれ》もいないはずの真っ暗な体育館からピアノの音が聞こえてきたんです。これって確か、皆神高校の七不思議の一つでしたよね？ それ以来怖《こわ》くて夜もなかなか寝付《ねつ》けません。お化けって本当にいると思いますか？ 眠《ねむ》れない夜はどうしたらいいですか？ 教えてください」――以上、PN，あやとり王さん』

……結局全員モブ4だった……！

野田君『質問がいっぱいきたな。まず皆神の七不思議……イエローやブラックは知ってるか？』

高嶋君『なんだったっけなー、体育館のピアノは確かに聞いたことあるな。あとは鳴るはずのないチャイムが響くってのと、トイレのサヨコさんと……』

野田君『サヨコさん？』

高嶋君『花子《はなこ》さんみたいなもんだろ。うちの学校はサヨコって女の子の幽霊《ゆうれい》が出るらしいぜ』
中村君『高嶋智樹が挙げた三つに加え、図書室の呪《のろ》いの本、生物実験室のポルターガイスト、血に染まる廊下《ろうか》……俺が知るのはそこまでだ。七つ目は最も恐《おそ》ろしく凄惨《せいさん》な怪異《かいい》だというが、それを知ると呪われるという話も小耳に挟《はさ》んだことがある』
野田君『おお、うちの高校にもちゃんと七不思議があったんだな！　次、お化けって本当にいると思うか。おれはいると思う！　見たことはないけど、いた方がワクワクする』
高嶋君『そうだな～。俺の部屋に居候《いそうろう》する、朝はいつも寝《ね》ぼけて俺の布団《ふとん》に潜《もぐ》り込んできちゃうような美少女幽霊がいたら毎日薔薇色《ばらいろ》だな』
中村君『異形の化け物たちとは日常的に戦闘《せんとう》を交えているからな。その存在を否定することなど俺にはできん。だが……この相談主が聞いたピアノの音が、本当に幽霊の仕業《しわざ》かはまた別の話だろう』
高嶋君『確かに。てか、色々相談が書かれてるけど、その点がはっきりすれば、問題解決だよな』
野田君『そうとなればヒーロー部の出番だな！　ヒーロー部が早急に七不思議の真相解明

に乗り出すから、安心してくれ、あやとり王さん！――一応、最後の質問にも答えておくか。眠れない夜はどうしたらいいか……おれは筋トレをするぞ！』

高嶋君『俺はゲームだな。もしくは録りだめたアニメを観《み》る』

中村君『俺は創作活動に励《はげ》む、だな。深夜は他《ほか》の時間帯では不可能なインスピレーションが降りてくるのだ』

みんな、自分ならどうするかしゃべってるだけで、アドバイスになってないよ！

やっぱりこの人たちだけじゃ収拾《しゅうしゅう》つかない……と頭を抱《かか》えたその時、新たな声がスピーカーから響《ひび》きだした。

？？？『なるほど……確かに眠れない時に無理に寝ようとしても、気が焦《あせ》るばかりで逆に目がさえてきたりしますからね。自然と眠くなるのを待つというのが正解かもしれません』

おお、ナイスフォロー！　この声は……

高嶋君『名雪先生。あれ、もしかして予定時間過ぎてた？』
名雪先生『ええ、お悩《なや》み相談は終わりです。そして、僕の出番の時間になったので、こうして乱入させてもらったというわけです』
高嶋君『すみません！　えーでは次は、この春から皆神に来た先生へのインタビューコーナー！　今日のゲストはこの方、名雪創思先生です』
名雪先生『よろしくお願いします』
野田君&中村君『おお〜（パチパチパチ）』
高嶋君『名雪先生にもたくさん質問の手紙が来てます。まず最初はPN,恋バナ大好きさんから、「名雪先生は、今現在彼女はいますか？」……うわ、ベタだな』
名雪先生『残念ながら、いません』
高嶋君『本当っすか？　先生、俺ほどじゃなくてもけっこうモテそうなのに』
名雪先生『本当ですよ。高嶋君はそんなにモテモテなんですか？』
高嶋君『はい、彼女は百人以上います☆』
野田君『全員二次元だけどな！』
名雪先生『なるほど、それなら問題ありませんね』

名雪先生、穏《おだ》やかにさらっと流した！

高嶋君『次の質問。PN，ワンナイトラブさんから、「名雪先生は皆神出身ということでしたが、久しぶりに学校に来て、どんな気持ちでしたか？」』

名雪先生『たったの四年ぶりですが、それでもなんだか懐《なつ》かしかったですね。学生当時のことも色々思い出しましたし……僕が忘れられない三年間を過ごしたこの場所で、今度は君たちにかけがえのない思い出をたくさん作ってほしいですし、その手伝いが少しでもできたら嬉《うれ》しいです』

中村君『ふむ……皆神高校に着任することは自らの希望だったというわけか？』

名雪先生『はい。ただ、高三の時に担任でお世話になった古川先生が入れ違《ちが》いで離任《りにん》されたのは少し残念で――』

野田君『ああ――――っ！』

高嶋君『うわっ、いきなり大声出すなよ』

中村君『どうしたというのだ、野田大和』

野田君『すまん、大事なことを思い出した……離任式までに新しい顧問《こもん》を見つけられなきゃ、廃部《はいぶ》になるって言われてたんだ』
高嶋君&中村君『何いいいいいいい!?』

ええええええええ!?


高嶋君『――離任式って明日《あした》だろ!?　どうすんだよ!?』

野田君『本当にすまん！　どこかにいい先生いねーかな!?』

中村君『既《すで》に他の部の顧問になっている教師は難しいだろうから、フリーの教師……狙《ねら》いどころは新任などか？』

野田君『新任――あ』

高嶋君『…………』

中村君『…………』

名雪先生『ええと……』

野田君&高嶋君&中村君『名雪先生、ヒーロー部の顧問になってくれ!!』

名雪先生『とりあえず、その話は放送の後にしましょう』

高嶋君『あっそうだった！　──大変失礼しました。じゃあ、インタビューに戻《もど》って……』

何事もなかったかのようにインタビューが再開されるのを聴《き》きながら、私たちは手早く食器を片付けて、学食を後にした。

放送室へ着いた時にはちょうど番組が終わり、廊下で、野田君たちが名雪先生を囲んでいた。

「先生、改めて、お願いします。ヒーロー部の顧問になってください！」

「私たちからも、お願いします！」

一緒《いっしょ》になって拝《おが》み倒《たお》すと、名雪先生は目をぱちぱちと瞬《またた》いてから、「わかりました」と微笑《ほほえ》んだ。

「ただし」

やったー、と一同が沸《わ》きかけたところですかさず言葉を継《つ》ぐ。

「条件があります。僕はまだ、ヒーロー部がどんな部活か、よく理解できていません。部活動紹介《しょうかい》を見ても、ただ遊んでいるだけのように思えました。そこで……先ほど、野田君が『ヒーロー部が早急に七不思議の真相解明に乗り出す』と言っていたでしょう？　それをちゃんと実行することで、君たちが真剣《しんけん》に活動していることを証明してください」

「——ああ、それならどうせ言われなくてもやるつもりだったからな。任せておけ！」

「でも、離任式は明日だぜ？　今日中にリサーチしろってことか？」

「具体的に何をやれば、先生は認めてくれるわけ？」

「何をするかは、お任せします。僕は、君たちの本気を見せてもらえれば満足しますから

……もちろん、タイムリミットは離任式です」

ううむ、丸投げか……しかも、明日までって、けっこう条件厳しい。

とはいえ、今の私たちに拒否《きょひ》権はないよね。

「わかった。絶対、顧問になってもらうからな、先生！」

昼休み終了《しゅうりょう》のチャイムが鳴り響く中、ビシイッと指を向ける野田君に、名雪先生はポーカーフェイスの笑顔《えがお》で頷《うなず》いた。

「君たち次第《しだい》です。残り時間は少ないですが、頑張《がんば》ってくださいね」

☆★☆

放課後、ヒーロー部へ集まったのだけど、莉夢ちゃんがなかなか来ない。

どうしたのかな、と思っていたところ、グループメールが届いた。

『火急の用事が入った。この局面で心苦しいが、本日の部活に妾《わらわ》は不参加じゃ。すまぬ』

『了解《りょうかい》！　あとはおれたちに任せておけ！』

その後、とりあえず七不思議についての情報収集を行ったところ、古株でもう三十年近くも皆神にいるという教頭先生が思いがけない話を教えてくれた。

なんでも教頭先生が着任するより更《さら》に昔、中庭で事故死した女生徒がいたというのだ。

以来、夜の学校で警備員さんが、稀《まれ》に不思議なことを体験するようになり、その噂《うわさ》が今も伝わる七不思議の原型ではないか、と……。

この話をまとめたレポートを名雪先生に提出したらいいんじゃないかと思ったんだけど、

厨病《ちゅうびょう》ボーイズは納得《なっとく》しなかった。

「情報収集だけじゃ真相解明には至らない。現地を検証するのが一番だ！」

つまり、夜の学校へ、七不思議の有無《うむ》を直《じか》に調べに行くというのである。

警備員さんとかに見つかったら大変なことになる、やめたほうがいいと止めたんだけど

――

「中途半端《ちゅうとはんぱ》だと思われて名雪先生に認められなかったら、ヒーロー部は廃部だ。ただ、危険が大きいから、ピンクは来なくてもいいぞ」

……そんなこと言われたら、私だって家でじっとしていられなかった。

夜の九時。こっそり家を抜《ぬ》け出して、学校へ向かった。

正直お化けより警備員さんの方が怖《こわ》かったけれど、見つかったら即逃《そくに》げて、もしつかまってしまったら謝り倒すしかない……そんな悲壮《ひそう》な決意とともに、バスを降りて、通学路

を小走りに急ぐ。

待ち合わせ場所の、校門から少しだけ離《はな》れたところにある街灯の下に行くと、すでに厨病ボーイズは全員揃《そろ》っていた。

「来たか、聖」

「親には見つからずに出てこられたか？」

「大丈夫《だいじょうぶ》だと思う」

なお、今回の計画は、莉夢ちゃんには話していない。

全員一致《いっち》で、入部していきなりこんなリスクの大きすぎる活動に付き合わせるわけにはいかないと判断したからだ。

「夜の学校……ロマンがあるよな！」

「誰《だれ》もいない夜のプールで初めてなぎさと心が触《ふ》れ合ったんだよ。なぎさの奴《やつ》、服のままプールに飛び込んじゃうから、それが体に張り付いて、月明かりでちょっと透《す》けて、エロ可愛《かわい》かったぜ……」

「妖魔《ようま》を追って他校で夜間の戦闘《せんとう》を繰《く》り広げたことは前世で何度か経験したが、皆神高校では初めてだな」

「幽霊《ゆうれい》なんてフィクションだろうが、こーゆーシチュエーションはスリリングだぜ」

どこかウキウキした様子の野田君たちとは対照的に、「はあ……」とため息を漏《も》らしたのは九十九君だ。彼だけは、ずっと反対していた。

ただ、反対する理由は私とは違《ちが》って……。

「まったく、ここまでする必要があるのか大いに疑問だね。いや、別にビビッてるわけじゃないから！　そんなんじゃなくて……今この距離《きより》で、ヤバい気配はビンビン漂《ただよ》っているし、オレの霊感は告げてるよ？『安易に近づくと、酷《ひど》い目に遭《あ》うぞ』って……ここには、本物がいる。馬鹿《ばか》なことはやめて帰るべきだ――くれぐれも、ビビッてるとかじゃないからね」

「ごちゃごちゃ言うならてめーだけ帰れよ。別に誰も強制してねーし」

「そんなの、見捨てるみたいで寝覚《ねざ》めが悪くなるだろ！　――聖サン。これ」

九十九君が大真面目《おおまじめ》な顔で渡《わた》してきたのは、お札《ふだ》だった。

「稲川《いながわ》神社で買ってきた。一応、持ってて」

私はどちらかと言えば幽霊はいないと思う派なんだけど、こういうアイテムを渡されると、なんだか逆に怖くなってくる。

でも、九十九君は本気で心配してくれてるんだろうし……「あ、ありがとう」と戸惑《とまど》いを隠《かく》しながら御礼《おれい》を言って、お札を受け取った。

「じゃあ、いよいよミッション開始だ！」

身軽に校門を乗り越《こ》えて、まず野田君が敷地《しきち》内に飛び降りる。

瞬間《しゅんかん》、どこかのセンサーが反応してアラームが鳴り響《ひび》くんじゃないかと冷や冷やしていたけど、そんなことはなかった。ほっ……。

中村君がなかなか登れずに苦労したけど、みんなでお尻《しり》を持ち上げてなんとか向こうに送り込み、私も上から引き揚《あ》げてもらって、第一関門突破《とっぱ》。

改めて間近から見上げた、闇《やみ》の中に佇《たたず》む真っ暗な校舎は、なんともいえない不気味な存在感を放っていた。

ゴクリとつばを飲み込んだその時——

キーンコーンカーンコーン

突然《とつぜん》、耳慣れた鐘《かね》の音が響き渡り、みんなの顔が驚《おどろ》きに染まった。

どうしてこんな時間に……!?

「七不思議の一つ目『鳴るはずのないチャイムが響く』か!?」

「本当に、あった……!?」

鐘の音はすぐに消えて、再び辺りは静寂《せいじゃく》に包まれる。

「幽霊め、宣戦布告のつもりか!?　だがこんな脅《おど》しに屈《くつ》するおれたちではない！　うおおおおお――」

「先走るな大和。この暗い中はぐれるのはまずい」

テンションをあげてダッシュしかけた野田君の肩《かた》を、すぐさま高嶋君がつかんで引き止める。

「今日は空良ちゃんたちも連れてきてるんだ。ペースを考えてくれ」

見えないけど連れてきてるの!?　なんで？　心細いから!?

「エキサイティング！　面白《おもしろ》いことになってきたじゃねーか」

「俺たちを異世界へと誘《いざな》う鐘の音色……フッ、これは終わりの始まりなのか、はたまた始まりの終わりなのか……」

「いやいやいやいや、帰ろうよ。今のは幽霊からの警告だよ？」

九十九君は反対したけど、みんな引き返す気はないようだ。

私は思わぬ事態に胸がドキドキし始めたけど、ここまできたら、ついていくしかない。

お札をぎゅっと握《にぎ》り締《し》めて、彼らとともに七不思議の二つ目の場所――体育館へ向かった。


先頭の野田君と、最後尾《さいこうび》の厨君の二人が持った懐中《かいちゅう》電灯の光を頼《たよ》りに、夜のとばりに包まれた敷地内を移動する。

体育館も当然灯《あか》りは消え、真っ暗だった。

「下校前にこっそり鍵《かぎ》を開けてきたんだが……」

野田君が奥の方の床《ゆか》に近いところにある窓に手をかけると、なんなく開いた。

潜《もぐ》り込んだ体育館は、静寂の中、どこまでも闇が広がっていて、言いようのない不安がこみ上げてくる。

懐中電灯でも奥までは照らしきれないので、そこの暗闇の中からいつ何がふっと出てきてもおかしくないように思われた。

七不思議の二つ目は『誰もいない体育館から響くピアノの音』。

ステージの傍《そば》に置かれたグランドピアノを照らし出したが、当然、誰も居ない。


「それにしても、こんな暗闇でもピアノが弾《ひ》けるなんて、幽霊は相当の腕前《うでまえ》だよな～」

のんきな感想を漏らす野田君に、「確かに」と高嶋君が相槌《あいづち》を打つ。

「あ、でも竜翔院ならできるか？　部活動紹介《しょうかい》の時も目を瞑《つぶ》って弾いてたし」

「そうだな……事実、このような状況下《じょうきょうか》で練習していたしな」

中村君の言葉に、ん？？　と引っかかった。

「どういうこと？」

「部活動紹介の数日前、他《ほか》の部の練習が終わった後、誰もいない体育館で鍛錬《たんれん》に励《はげ》んだ日があったのだ。弾き始めた頃は夕日が差し込んでおり、十分な明るさがあったため、照明をつけていなかったのだが……演奏に没頭《ぼっとう》しているうちに日没《にちぼつ》を迎《むか》え、視界は闇に包まれた。視覚を完全に封《ふう》じられた中で響くピアノの音色は、なかなかに趣《おもむき》深かったぞ……」

「「「「おまえかーー!!」」」」

一同、声をそろえてツッコんだ。

『あやとり王』が聞いたピアノの音って、どう考えても中村の演奏だろ!?」

「二週間前ってちょうど時期もぴったりだし!」

「……なるほど」

「なるほどじゃねえ！　放送の時に気付け！」

まさかの身内が犯人展開……ほんと、あの時言ってくれたら、こんな面倒《めんどう》なことにはならなかったのに。

「まあ、幽霊《ゆうれい》の正体は中村だったってわかったんだし、これで解決したよね。帰ろ――」

「チャイムのこともあるし、帰るのは全部調べてからだ」

九十九君の主張をあっさり却下《きゃっか》して、ピアノに近づいていく野田君。

「……何か、落ちてる」

ピアノ椅子《いす》の近くで懐中電灯によって照らし出されたのは、古そうな押し花の栞《しおり》だった。

「誰《だれ》かの落とし物かな……でも、なんでこんなところに？」

「とりあえず、持っていくか」

「ええっ、呪《のろ》われるかもしれないよ？」


体育館を出て、今度は校舎へと向かう。

だいぶ夜目が利《き》くようになって、ぼんやりと周囲の景色が見えるようになってきたけれど、なんだか、誰かから見られているような妙《みょう》な気配がした。

単なる恐怖心《きょうふ》による錯覚《さっかく》なのかもしれないけど……。

「うわあっ」

不意に、九十九君が悲鳴をあげて私の肩をつかんできたから、心臓が口から飛び出るかと思った。

「な、何？　どうしたの？」

「い、今、足元を何かが通り抜《ぬ》けていった！」

「⁉ ……きっと猫《ねこ》とかだよ」

「いや、そんなはっきりした感じじゃなくて……なんだあれ⁉」

あわわわわ、と震《ふる》える九十九君に戸惑《とまど》っていたら、今度は「あっ」と高嶋君が声をあげる。

「何事だ、イエロー⁉」

「一瞬《いっしゅん》、あの辺になにか白い影《かげ》が見えた……」

嘘《うそ》……⁉

みんなでじいっと高嶋君が指さす植え込みの方に目を凝《こ》らしたけれど、ただ闇《やみ》があるばかり。

吹《ふ》き付けた風に木々がざわざわと枝を揺《ゆ》らし、何かの鳴き声のようでかすかに鳥肌《とりはだ》だった。

「これは……」と眼鏡のブリッジを押し上げて、中村君が言う。

「何かがいるのは間違《まちが》いないようだな」

☆★☆

七不思議の三つ目『図書室の呪《のろ》いの本』。

図書室の一番窓寄りの、奥から四列目の本棚《ほんだな》に、夜しか現れない呪いの本がある。長い髪《かみ》の毛が大量に挟《はさ》まった血染めの本で、それには昔学校で事故死した少女のこの世への未練が書き綴《つづ》られているという……。


図書室は東校舎の三階にある。

体育館同様、下校前に鍵を開けておいたという窓から、一階の廊下《ろうか》に順番に入り込んだ。

しんと静まり返った真っ暗な校内は、昼間とは全く印象が異なり、廊下も永遠に続くような気がした。周囲をとりまく濃《こ》い暗闇に、押しつぶされそうな息苦しさを感じる。

幽霊なんていない……そう思っても、だだっ広い夜の学校は不安と恐怖を呼び起こした。

ドキドキといつになく激しく主張する心臓をなだめながら、身をすくめて、自然とみんなでかたまって、階段を上っていく。

ギイイッとドアの軋《きし》む音にもビクビクしながら、図書室に足を踏《ふ》み入れて――

「なんだ、これ……！」

野田君の唖《あ》然《ぜん》とした声とともに、懐中電灯の光に照らし出された光景に、目を疑った。

第五章 春の夜のアンビリーバボー

何が起こっているのかすぐには理解できず、ただ、その異常性からゾッと悪寒《おかん》がこみ上げた。

図書室の床《ゆか》一面に乱雑に散らばる、細かい文字で埋《う》まった大量の紙……。

野田君が一枚、拾い上げて眉《まゆ》をひそめる。

「これは……学校新聞？」

「発行日は昭和●年……って古！」

「ざっと見て、ここに落ちているのは全部同じ発行日のものみたいだな」

床を懐中電灯《かいちゅう》で照らして確認《かくにん》していた厨君が、呟《つぶや》いた。

全く同じ内容の古い学校新聞が敷《し》き詰《つ》められている……私たちに、読んでほしいってこと？

こわごわと、野田君が持っているそれを横から覗《のぞ》き込む。

今から四十年ほど前のその学校新聞には、『七不思議特集』という文字が並んでいた。

七不思議の内容は、おもしろいことに今伝わるものと全く同様。

そしてその全《すべ》ては、その学校新聞の日付の九年前に中庭で事故死した女生徒、三上佐代《みかみさよ》子《こ》さんの呪いではないか……という論調だった。

「ちょっと、この佐代子さんの死亡日の四月二十三日って……」

気付いた瞬間《しゅんかん》、しん、と胃の底から冷たくなった。

厨病《ちゅうびょう》ボーイズの顔も、一様にサッとこわばる。

今日がまさに、彼女の命日、四月二十三日だったのだ――。

『心霊《しんれい》現象を体験した人の話によると〈ない……ここにもない……私の大切な……〉というか細い女子の声が聞こえたという。佐代子さんは大切な何かを探し続けて、校内を彷徨《さまよ》っているのかもしれない』

そう書かれた記事には、どこか虚《うつ》ろな目をした、髪の長い少女の写真が添《そ》えられている。

……なんとなく、見覚えがある気がするんだけど……？

記憶《きおく》を手繰《たぐ》ろうとした時、「ねえ……」と震える声で、九十九君が言った。

「この子の持ってるこれって……」

九十九君が指さしていたのは、写真の中で佐代子さんが持っている本に挟まれている栞《しおり》だった。はっきりとは見えないけど、栞ってことは……。

「これか⁉」

野田君が懐《ふところ》から、先ほど体育館で拾った栞を取り出す。

「佐代子さんは、この栞を探して、校内を彷徨ってる……？」

「だ、大丈夫《だいじょうぶ》だ空良ちゃん。俺がついてる！」

不意に高嶋君が、重い空気を打ち破るように大声をあげた。

ちょっと、怖《こわ》すぎるからって現実逃避《とうひ》しないでよ！

「なぎさも心配するな。ああ、ミコリン、そんな泣きそうな顔されたら、俺が愛《いと》しさをこらえきれなくなるだろう？　七海《ななみ》に千夏《ちなつ》、来夢《らいむ》に早苗《さなえ》……おまえら、怖いからってそんな抱《だ》き付いてくるなって……ん？　一人、二人、三人……（中略）……九人、十人、十一人……ひ、一人増えてる……⁉」

って妄想《もうそう》の中でもホラーになってどうする‼

そもそも最初から誰《だれ》もいないからね⁉

「ま、こんなの誰かが裏で糸引いてるに決まってるけどな」

「そ、そうだよね！　オレもそうじゃないかと思ってたんだ」

醒《さ》めた口調で厨君が言うと、それまで完全に固まっていた九十九君が即座《そくざ》に便乗した。

「佐代子さんたちがオレたちに知ってほしくて、新聞をバラまいたとか、ありえないし！」

「誰かって……？」

「そんなの、一人しかいねーだろ。俺たちが今夜、ここに来ることを予測できたパーソン……」

——名雪先生か！

「さっき高嶋が外で見た白い影《かげ》ってのも、どうせあいつだろ。いつも白衣着てるし」

「そうか、これは名雪先生からの挑戦状《ちょうせんじょう》ってわけか！」

「いや、あれはあんまり白衣って感じじゃなかったけど……でも、先生がかかわってる可能性が一番高いよな。校舎への潜入《せんにゅう》も、やけにあっさり成功したし。まるで誰かに招かれてるみたいに……」

「それを言えば、招いているのはこの世ならざる存在である可能性も否定はできないが……」

「バ、バカ言うなって中村！」

確かに、先生が色々と工作しているって考えるのが常識的だよね。

でも、もし本当に佐代子さんがいたら……という恐怖《きょうふ》も、どうしても拭《ぬぐ》い去れなかった。

先生がこんな凝《こ》ったことをする理由もよくわからないし……。

「絶対そうだよ、先生の仕業《しわざ》！　ここに幽霊《ゆうれい》なんているわけないし！　うん、幽霊なんていない！」

それにしても九十九君、ブレブレだな……。

☆★☆

七不思議の四つ目『トイレのサヨコさん』。

東校舎の一階の北側の女子トイレの、一番奥の個室で、突然《とつぜん》少女の声がする。

『私、サヨコ。一緒《いっしょ》に遊んで……？』

いいよ、と同意したらトイレの中から手が伸《の》びてきて、引きずり込まれてしまう。

いやだ、と断ったら「呪《のろ》ってやるー！」と叫《さけ》びながら血だらけの少女が目の前に現れ、襲《おそ》い掛《か》かってくる……。

「サヨコさんって、学校新聞に載《の》ってた佐代子さん……？」

「あの事件を踏《ふ》まえて作られた七不思議ってのはそうなのかもな」

一階への階段を降りながら、淡々《たんたん》と相槌《あいづち》を打つ厨君。

「厨君は幽霊信じないんだ？　交歓祭《こうかんさい》の時は怪談《かいだん》しようって乗り気だったよね？」

「あーゆーのは怖がる奴《やつ》の反応が面白《おもしろ》いんだ。つーか、『いいよ』と同意したら引きずり込まれるって、誰が証言したんだよ？　個室だぞ？　引きずり込まれた奴以外にトイレを覗いてた奴がいるのか？　そっちのが怖いだろ」

怪談をバッサリ一刀両断された。まあ、言われてみればその通りだけど……。

話している間に、現場の女子トイレに到着《とうちゃく》した。

「ここには何があるんだろうな!?　いざ、突撃《とつげき》ー！」

意気揚々《いきようよう》と突《つ》っ込んでいった野田君に続いて、ぞろぞろと中に入ったけれど、すぐに奥の個室から野田君の拍子抜《ひょうしぬ》けしたような声が響《ひび》いた。

「何もないな……？」

他《ほか》の個室や洗面台なども見てみたけれど、特に異状は見つからない。

「ああっ！」

突然高嶋君が悲痛な叫びをあげたので、ビクッとする。

「今夜は劇場版『アイライブ！』の放映日だったのに、録画予約忘れてた……俺としたことが……！」

「紛《まぎ》らわしい！」

「どうでもいいわ！　てか高嶋、映画三回観《み》に行ったんだろ⁉」

「名作は何度観てもいいんだよ！」

「ドンウォーリー、俺はバッチリ高画質で予約してきたから後で焼いてやる。じゃあ、次行くか――」

瞬間、それまで余裕《よゆう》を保っていた厨君がハッと息をのむ気配がした。

「どうした、厨？　まさかおまえも録画を忘れ――」

「そういうボケは今はいいから。厨君……？」

窓の外を見たまま固まってしまっていた厨君に呼びかけると、厨君は「なんでもない」とだけ言って、さっさと出口へと歩き出そうとする。

しかし直後、ガチャンとその手から懐中電灯《かいちゅう》が滑《すべ》り落ちた。

「おい、グリーン⁉」

厨君はチッと舌打ちすると、すぐに懐中電灯を拾い上げて、「行くぞ」と私たちを促《うなが》した。

……明らかに動揺《どうよう》してるんだけど……？

七不思議の五つ目『生物実験室のポルターガイスト』。

その名の通り、生物実験室で人体模型やホルマリン漬《づ》けにされた生物の亡霊《ぼうれい》たちが暴れるという……。

個人的に、今回の七不思議で来たくない場所ナンバー1《ワン》が、この教室だった。

様々な動物の骨格標本や、筋肉や内臓がむき出しになった人体模型、何より教室の前方と後方の棚《たな》にずらりと並ぶ、濁《にご》った液体に白く脱色《だっしょく》したネズミや魚、ヘビなどから正体不明の生物まで浮《う》かんだホルマリン漬けは、昼間に見ても十分に不気味なのだ。

教室内に漂《ただよ》う、独特の薬品の臭《にお》いと雰囲気《ふんいき》も苦手……。


ホルマリン漬けの辺りの調査は男子たちに完全にお任せして、私は試験管やフラスコ、メスシリンダーなどの実験器具が並ぶゾーンや、普通《ふつう》の机や床《ゆか》を見て回る時に目を凝らした。

「古生代は三葉虫探せ　中生代はアンモナイト……♪」

化石標本を見ながら野田君が何かの替《か》え歌を口走る。

こんな状況《じょうきょう》で、本当に神経がごんぶとだよなあと思わず感心したその時、スーッと何かが足元を通り過ぎる気配がした。


何、今の……!?

ゾォッと寒気がこみ上げ、体をこわばらせた直後。

風もないのに、ガシャン、と人体模型が倒《たお》れた。

「…………!?」

サッと室内に緊張《きんちょう》が奔《はし》った次の瞬間《しゅんかん》、ガチャンガチャン……バリーン！

今度はけたたましい音とともに、実験器具が棚から床に落ちて、ガラスが砕《くだ》け散る。

「な、なんだ!?」

野田君と厨君がすぐさま懐中電灯をグルグルと巡《めぐ》らせ、部屋中を照らしたけれど、私たち以外誰《だれ》もいない。

どうなってるの……!?

「ごめんなさいごめんなさいごめんなさい、呪わないでくださいーー！」

「……アンビリーバボー……！」

九十九君が合掌《がっしょう》しながら何かに向かって謝り倒し、厨君も呆然《ぼうぜん》としたように呻《うめ》く。

「オン・アボキャ・ベイロシャノウ・マカボダラ・マニ・ハンドマ・ジンバラ・ハラバリタヤ・ウン」

いきなり隣《となり》で中村君が謎《なぞ》の言語を喚《わめ》きだしたので、飛び上がった。

「な、中村君⁉」

「これはあらゆる災厄《さいやく》を祓《はら》うという真言だ！」

真言……⁉　とりあえず、何かにとり憑《つ》かれたわけではないようでホッとする。

「み、見えない敵が相手でも、このおれはひるんだりしない！　心の目で見ればきっと……――そこだあ！」

ブン、と野田君がキックをする気配がして、「うわあっ」という高嶋君の悲鳴があがる。

「あっぶね、大和、当たりそうになったぞ！　そうだ、こんな時は彼女たちの歌で穢《けが》れを祓えば――」

高嶋君がスマホで再生したのだろう、今度は場違《ばちが》いに明るい音楽が鳴り始める。

どんどんカオスの様相を呈《てい》してきた。

「みんな、一度落ち着こう！」

私が声を張り上げると、厨病《ちゅうびょう》ボーイズはハッとしたように沈黙《ちんもく》した。

『アイライブ！』の曲が流れる中、一同、息をひそめて、神経のアンテナを張り巡らせる。

次の変化に即座《そくざ》に対応できるように――……しかし、音楽が途切《とぎ》れると、あとは静寂《せいじゃく》が続くのみ。

「終わった、か……？」

「何だったんだ、今の」

「先生の仕業《しわざ》じゃないよね。部屋には私たち以外誰もいなかったもん」

「……実はさっき、女子トイレで、俺も白い影《かげ》を見たんだ。サッと窓の外をよぎっていってよく見えなかったけど、なんかふわっとして宙に浮く感じで、あれは白衣なんかじゃなかった……」

厨君が神妙《しんみょう》な面持《おもも》ちで語り、私たちは再び黙《だま》り込んだ。

じゃあ本当に……佐代子さんが……？

「――帰らない？」

「そうしよう」

私の提案に瞬時に同意したのは九十九君。高嶋君も「賛成」と声をあげる。

「これ以上はシャレにならなそうだしな。女子たちももう限界だって」

「だが、まだ五つしか調べてないぞ」

「最も危険と聞く隠《かく》されし七つ目は、六つ全《すべ》ての場所を巡ったら現れる……という可能性は十分に考えられる。ここが潮時だと俺も判断する」

「これだけ調べたら、先生も納得《なっとく》してくれるんじゃねーの？」

渋《しぶ》っていた野田君も、みんなに諭《さと》されて、懐中《かいちゅう》電灯の光の中「わかった」と頷《うなず》いた。

☆★☆

「六つ目の『血に染まる廊下《ろうか》』って、詳《くわ》しい場所はわからないままなんだっけ？」

本校舎四階の最北端《さいほくたん》にあった生物準備室から、出口へと向かうために階段を降りながら、高嶋君が尋《たず》ねる。

「うむ……昨日の聞き込みでは特定できなかったし、先ほどの学校新聞にも詳細《しょうさい》は掲載《けいさい》されていなかったな」

「つまり、意識して避《さ》けることはできないってことだよね。まあ、そうそう簡単に遭遇《そうぐう》したりはしないだろうけど――」

「スチューピッド！　フラグ立てんな！」

不意に、先頭を歩いていた野田君の足が止まる。

「あ……」

三階の、廊下の奥、野田君の懐中電灯が照らす先には――赤い、血溜《ちだ》まりのようなものが床に広がっていた。

――ビンゴーー！


「「「「うわあああああああ」」」」

みんなで大声をあげながら、階段を駆《か》け下りる。

「見ちゃった見ちゃった見ちゃった！」

「とにかく、こうなれば一刻も早くこの場から立ち去るしかない」

「大天使空良ちゃん、俺に光の加護をーー！」

ハアハアと息を切らしながらようやく一階にたどり着き、一度呼吸を整える。

「……あ、これ……」

何気なくポケットに手を当てた野田君が、何かを取り出した。

古そうな押し花の栞《しおり》。

「………」

体育館で拾ったそれを、じっと見つめる野田君……どうしたんだろう？

怪訝《けげん》に思っていたら、「おい」と震《ふる》える声で厨君が言った。

「なんだ、この臭《にお》い……？」

え……と思った次の瞬間、鼻をつく悪臭《あくしゅう》が漂《ただよ》ってきて、慄然《りつぜん》とする。

まるで髪《かみ》の焼けるような嫌《いや》な臭い。発生源は——中庭？

……佐代子さんの事故現場じゃないか……！

一同、思わず凍《こお》り付く中、野田君が、いきなり走り出した……中庭に向かって！

「野田君、どこ行くの!?　そっちは……」

「おれは間違ってた。佐代子さんがいるなら、この栞を渡《わた》してやらないと！　これを探してるせいで、成仏《じょうぶつ》できないんだろ⁉」

「……！」

思いもよらない言葉に、息をのむ。

栞を掲《かか》げた手はよく見ると震えているし、その顔は明らかにこわばっていた。

野田君も怖《こわ》くない訳じゃないんだ。だけど――

「どんな奴《やつ》でも、困っているなら助ける！」

そう言って、野田君はまた走り出した。

「大和っ――ああ、もう、この大馬鹿野郎《おおばかやろう》！　知ってたけど！」

「愚《おろ》か者が、貴様一人の力で悪霊《あくりょう》に太刀打《たちう》ちできると思うのか⁉」

「最悪最悪最悪、これで呪《のろ》い殺されたらおまえのところに化けて出てやる！」

「マジであいつのあれは病気の域だな……！」

口々に罵声《ばせい》をあげながら、みんなも彼の後を追う。

うん、向こうに何があるのかわからないけど……わからないからこそ。

一人でなんて、行かせられない……！

☆★☆

中庭では、パチパチと音を立てて燃え上がる炎《ほのお》を前に、一人の少女が佇《たたず》んでいた。

銀色の髪のツインテールに、真っ黒のドレスを纏《まと》った美少女——って、この子は……

「莉々夢！　なんでここに⁉」

駆け寄ってきた私たちを見て、莉夢ちゃんもポカンとしたように目を丸くしていた。

今の莉夢ちゃんは、珍《めずら》しく眼帯をつけていない。

更《さら》に、なぜか少しツインテールが短くなっている気がした。

「そなたらこそ、揃《そろ》いも揃って何事じゃ？」

「おれたちは七不思議の調査に来たんだよ」

「なるほど……妾《わらわ》は、銀を捜《さが》しに来たのじゃ」

……銀さん？　って莉夢ちゃんの彼氏の？？

ちなみに、莉夢ちゃんの前にはバーベキューコンロ――前に魔王《まおう》部との勝負の時に使ったものと同じだ――があり、そこでは炭が勢いよく燃えている。

この行動が、どうして銀さんを捜すことに繋《つな》がるの？


「実は今日、銀をシスター・瑞姫に紹介《しょうかい》しようと思い連れてきていたのじゃが、放課後にうっかりケージから逃《に》がしてしまったのじゃ。下校時刻まで捜し続けたが、どうしても見つからず……」

「ちょっと待って。ケージってことは――」

「やっぱりペットなんじゃねーか!!」

威勢《いせい》よく突《つ》っ込んだ厨君に、莉夢ちゃんは「だから違《ちが》うと言うとろうが」と不本意そうに言い返す。

「銀は、ペットなどという下等な存在ではなく、妾の伴侶《はんりょ》、パートナーじゃ」

そういう理屈《りくつ》か……。

「……で、逃げちゃった銀さんを捜すために、またこんな時間に学校に潜《もぐ》り込んだの？」

「うむ。妾の知らぬ間に捕獲《ほかく》されたりしたらと思うと気が気でなくてのう……しかし学校中を歩きまわったが、この夜陰《やいん》ではどうにも効率が悪い。今宵《こよい》は新月じゃからか、妾の邪眼《じゃがん》も精度が鈍《にぶ》いようなのじゃ。そこで最後の手段として、銀の種族が臭いを好むというから、髪の毛を焼いていたのだが……」

眼帯をしていないのは捜索《そうさく》にあたって視界を良くするため、髪が短いのは毛先を切って焼いていたため、だったらしい。

「髪を焼いた臭いを好む？　……ということは、銀は――」

中村君が呟《つぶや》いたその時。

「ぎゃあああああ」

九十九君の悲鳴が響《ひび》き、みんながハッと振《ふ》り返る。

白目をむいた九十九君の足元には、細身の白いヘビがぐるりと絡《から》まっていた。

「銀！　捜したぞ……！」

嬉《うれ》しそうにヘビを確保して、傍《かたわ》らに置いてあったケージへと入れる莉夢ちゃん。

なんと、ヘビだったのか……。

「……ということは、生物実験室でビーカーとかを落としたのも、体育館付近でパープルの足元を通ったのも、銀だったというわけか」

「俺や厨が見た白い影《かげ》は木下の銀髪《ぎんぱつ》ってことだな」

莉夢ちゃん、真っ黒いドレス着てるから、髪以外は暗闇《くらやみ》では同化しちゃうんだね……。

種明かしに、はあーっと脱力《だつりょく》する私たち。

「それなら、チャイムの音とか、図書室の学校新聞とかは……？」

残った謎《なぞ》を思い返して、首を傾《かし》げた時――

「それは僕が仕組んだものです」

そんな声とともに、物陰《ものかげ》から、穏《おだ》やかな笑《え》みを浮《う》かべた細身の男性が現れた。

名雪先生……！

「種明かしは、そのコンロの火を始末してから、校内でしましょう」

「――やっぱり先生の仕業《しわざ》だったんだな」

電気を点《つ》けて明るくなった一階の踊《おど》り場に移動した後、高嶋君が口火を切ると、名雪先生は「ええ」と頷《うなず》いた。

「教頭先生が君たちに、中庭で事故死した生徒がいたなんて作り話を聞かせたのも僕の差し金です。佐々木《ささき》教頭は、けっこうノリがいいんですよ」

「作り話⁉ 佐代子さんの話は作り話なのか⁉」

「じゃあ、あの学校新聞は……」

「僕が放課後に大急ぎで作ったものですよ。佐代子という名前は、『トイレのサヨコさん』からとりました」

事故がもとで七不思議ができたんじゃなくて、七不思議をもとに、事故をでっち上げてたんだ……。

「ちなみに、あの写真の少女も女装した僕です。演劇部に衣装《いしょう》を借りました」

――女装⁉

見覚えあると思ったら、まさかの名雪先生だったのか……それにしてもこの先生、ノリノリである。

「待ち構えていた僕が言うのもなんですが、君たちは本当に無茶《むちゃ》をするんですね……今夜は僕が居残りすることを学園に伝えておいて、警備システムをオフにしていましたが、そうでなかったら校門乗り越《こ》えて敷地《しきち》に入った時点で警報が鳴り響いて、すぐさま警備員が駆《か》けつけますよ」

あ、やっぱり普通《ふつう》はそうなるよね……警備システムがオフになってたのね、なるほど。

名雪先生は、まず監視《かんし》カメラで私たちが校内に侵入《しんにゅう》したことを確認《かくにん》した後、放送室でチャイムを鳴らし、以降はこっそり後をつけて様子を窺《うかが》っていたそうな。

莉夢ちゃんが学校に来たのは知らなかったので、彼女が侵入したのは私たちが体育館に向かう途中《とちゅう》くらいだったんじゃないかとのこと。

「だけど、なんでこんな手の込んだことを？　俺たちの本気を測るにしたって、凝《こ》り過ぎだろ？」

「え、だって……楽しいでしょう？　こういうの」

なんでもないように笑顔でさらりと言う先生に、「はい!?」と耳を疑った。

「忘れられない思い出になるかな～と思ったので。そういうのに加担するのが、僕の夢の一つでもあったんです」

『君たちにかけがえのない思い出をたくさん作ってほしいですし、その手伝いが少しでもできたら嬉しいです』

インタビューの時、名雪先生が話していた言葉が蘇《よみがえ》る。

まさか、ここまでガチだったとは……どんだけエンターティナーなんですか！

「でも、ハプニングが多くて、想定していた以上に怖《こわ》い思いをさせてしまいましたね。だましていたことも、謝ります」

「いや、孤独《こどく》に彷徨《さまよ》っていた佐代子さんはいなかったんだろう。それならよかった！」

「確かに、思い出にはなったしな。しかも強烈《きょうれつ》な！」

「ああ……たまにはこのような余興も悪くない」

申し訳なさそうにしていた名雪先生は、サッパリした様子で笑う厨病《ちゅうびょう》ボーイズに少し目を瞠《みは》ってから、ふっと唇《くちびる》をゆるめた。

「……それならば、何よりです」

「そうだ先生、顧問《こもん》の件は⁉」

「そうですね……君たちは夜の学校までやってきて、恐怖《きょうふ》をこらえながら七不思議の調査を続けました。特に最後の、幽霊《ゆうれい》の少女さえ救いたいという強い思いから、危険が待つと思われる現場へと果敢《かかん》に飛び込んでいった野田君の勇気と、彼の後を追ったみんなの友情には、胸を打たれました。ヒーロー部の本気、確かに見せてもらいましたよ」

「なら……」

「しかし」

顔を輝《かがや》かせ、身を乗り出した野田君を制するように、名雪先生が片手を上げた。

その顔は、一転、厳しい表情をたたえていた。

「君たちはあまりにも無鉄砲《むてっぽう》すぎる。本来、夜の学校に不法侵入している時点で犯罪ですし、許可なく中庭で火を使うのも禁止事項《じこう》です。こんな問題児集団の顧問なんて――」

そんな……と打ちのめされかけた次の瞬間《しゅんかん》、名雪先生が悪戯《いたずら》っぽく微笑《ほほえ》む。

「きっと、僕くらいしかできませんね。どうぞお手柔《てやわ》らかにお願いします」

「――や……やったーー！」

☆★☆

「ところで先ほど、生物準備室でビーカーを落とした、などと言っていたのはどういうことじゃ？」

莉夢ちゃんは、銀さんが生物準備室で暴れていたことは知らなかったようだ……事情を話すと、「すまぬ……」とうなだれた。

「今日、僕が警備システムをオフにしていなかったら、銀君もっと早く発見できていたと思うので、今回の被害《ひがい》分は僕が弁償《べんしょう》しましょう」

莉夢ちゃんは「流石《さすが》にそれは……」とためらっていたけど、最終的には名雪先生の好意に甘えることになった。

「……かたじけない」

「いえいえ。ただし、今後はこんな夜中に、しかもたった一人で、人気のない建物に潜《もぐ》り込むなんて危険なことは《絶対に》しないでくださいね」

穏やかながら、有無《うむ》を言わせない迫力《はくりょく》とともに言い聞かされ、莉夢ちゃんは気圧《けお》されたようにたじろぎながら、「こ、心得た」と頷く。


「——そもそも、銀さんが逃《に》げた時、相談してくれたらよかったのに」

「それな。顧問のことでバタついてたから遠慮《えんりょ》したんだろうけど、水臭《みずくさ》いぜ」

「事情を知らねば流石に俺の無尽《むじん》の知恵《ちえ》を授《さず》けることも不可能だからな……」

「七不思議調査班と銀探索《たんさく》班でワークシェアするとかな」

「せっかくの後輩《こうはい》っていう立場を、もっと賢《かしこ》く利用したらいいのさ」

「おまえももうヒーロー部の仲間なんだぞ、莉々夢！」

私たちの言葉に、莉夢ちゃんは大きな目を瞬《またた》いてから——かすかにその白皙《はくせき》の頬《ほお》を染め、少し照れたような微笑みを浮《う》かべながら、伏《ふ》し目がちに頷《うなず》いた。

「うむ。……感謝する」

か、可愛《かわい》い……！

厨二病で、腐女子《ふじょし》で、ヘビが恋人《こいびと》と言い張って……厨病ボーイズ並みのトラブルメーカーみたいだけど、きっと根は素直《すなお》ないい子なんだろうな。

「それじゃあ、ガラスを片付けに行こうか」

「後片付けは僕がやっておくので、君たちはもう帰っていいですよ」

「でも先生、廊下《ろうか》の拭《ふ》き掃除《そうじ》もあるだろ？　一人で全部やるのは大変じゃないか？」

「そーいえば、あの『血に染まる廊下』は絵の具を溶《と》かした水でも流してたの？」

「……なんのことですか？」

心底不思議そうに名雪先生に問い返されて、え、と固まった。

「僕がやったのは、チャイムを鳴らすことと体育館に栞《しおり》を落とすこと、学校新聞の制作、バラまきです。あとは君たちを尾行《びこう》していただけで……そういえば、生物準備室から階段を降りる途中、三階で叫《さけ》んでいましたよね。あれはいったい何だったんですか？」

「階段降りて右奥の廊下に、血溜《ちだ》まりみたいなのがあったでしょう!?」

「サッとライトを当てて見ましたが、僕には何も……すぐに君たちの後を追ったので、ちゃんと調べることはできていませんが」

……どういうこと!?

「あ、でもこれは拾いました。聖さんが落としていきましたよ」

名雪先生が差し出したのは、ところどころ破れてボロボロになった一枚のお札だった。

……これ、九十九君から貰《もら》った稲川神社のお札だよね?

今日買ったばかりの新品だったはずなのに……。


「………またまたぁ!」

「最後にもう一度俺たちをはめようったって、もうだまされませんよ～」

「だましてなんていませんよ。……これは実に興味深いですね」

その後、先生と一緒《いっしょ》に再び三階へと戻《もど》った私たちは、目を疑った。

先ほど、確かに目撃《もくげき》したはずの血溜まりが、きれいさっぱり消えていたからだ。

名雪先生は中庭へ向かおうとした野田君の台詞《せりふ》を聞いているから、すぐに私たちの後を追っていたのは間違《まちが》いない。廊下を拭く時間なんてないはず。

じゃあ、いったい誰《だれ》が……!?

「謎《なぞ》が一つ、残っちゃいましたね」

蒼白《そうはく》になって固まる私たちに、名雪先生は飄々《ひょうひょう》と、やけに楽しそうに言った。

☆★☆

混乱の一夜が明け、離任式《りにんしき》はつつがなく終了《しゅうりょう》し、名雪先生は正式にヒーロー部の顧問となった。最後にヒヤリとした事件にはもう触《ふ》れないことにして、実は陰《かげ》ですごい仕事をしてくれたのかもしれないお札は、近々稲川神社に返納しようと思う。

放課後に集まったヒーロー部では、近いうちに莉夢ちゃんと名雪先生の歓迎会《かんげいかい》をしようという話になった。

「じゃあとりあえず、先生の予定を聞いてくるね」

そう言って部室を抜《ぬ》け出した私は、職員室へ向かったけれど、そこに名雪先生の姿はなかった。

「たぶん、物理準備室だと思うよ」

他《ほか》の先生にアドバイスを受けて、そちらの方へ行ってみる。

物理実験室は入ったことがあるけど、その隣《となり》の準備室は初めてだった。

「失礼します」と言いながら扉《とびら》を開くと、少し奥にある机にうつ伏《ぶ》せになる、名雪先生らしき白衣の後ろ姿が見えた。

「名雪先生……？」

本棚《ほんだな》やホワイトボード、よく解《わか》らない機械や書類の詰《つ》まった段ボールなどが並ぶ中を通り、近づいてみると、先生は居眠《いねむ》りをしているようだった。

出直したほうがいいな、と思いつつ、何気なく視線を向けた先、飛び込んできた文字に、ドキッと心臓が飛び上がる。

『超常《ちょうじょう》現象辞典』『世界の不思議現象』『超常科学入門』『世界怪異《かいい》現象大全』『人体自然発火現象の謎』『地球外生命と物理学』『超能力者を対象にした臨床《りんしょう》実験報告』――そんなタイトルの本ばかりが、いくつも名雪先生のものと思われる本棚に並んでいたのだ。

……何これ……!

血の気が引くのを感じながら、一歩後ずさった時。

「どうしましたか、聖さん」

穏《おだ》やかな声がして、思わずビクッと全身が跳《は》ねた。

いつのまにか目覚めたらしい名雪先生が、体を起こしながらこちらを見つめていた。

口元に笑《え》みは浮かんでいるけれど、その瞳《ひとみ》は、まるで私を観察するような――そう、初対面の挨拶《あいさつ》の時に見た、温度を感じさせない視線。

……あれは、見間違いなんかじゃなかったんだ……。

「先生は、超常現象マニアなんですか？」

声が震《ふる》えないように必死に気を張りながら、冷静さを保って問う。

「マニアというのかはわかりませんが、興味はあります」

……確かに、熱狂者《マニア》というには昨晩の廊下の出来事に対してもやけに冷静だった。

でもそれなら、この本の数々や、私に対する視線の意味は……？

もしかしたら、私の「能力」のことが、バレてるの？

昨夜、色々仕掛《しか》けていたのは、ただの思い出作りなんかじゃなく、ギリギリの状況《じょうきょう》での私の反応を試《ため》していたんじゃ……!?

「……うちの高校はオカルト研究会もありますけど、本当はそっちの顧問《こもん》になりたかったんじゃないですか？」

「いいえ、別に。ヒーロー部は、とても楽しそうなので」

相変わらずポーカーフェイスの笑顔でそう答える先生は、やっぱり、何を考えているのか全然読めなかった。

超常現象辞典
世界の不思議現象
超常科学入門
人体自然発火現象の謎
世界怪異現象大全

番外編

ヒーロー志望＆黒幕気取り

零が日直の雑務を終えて、放課後のヒーロー部へ行くと、部室の畳《たたみ》の上で野田が大の字になって眠《ねむ》りこけていた。

他の部員はまだ誰《だれ》も来ていない。

今日は委員会の集まりの日で、放送委員の高嶋、図書委員の中村、美化委員の瑞姫はそちらが終わってから来ると言っていたし、二葉からは用事があるため部活は休むとメールが届いていた。

更《さら》に新入生の木下には、今日は部室には来ないよう伝えてあったため、一人だけ早くやってきた野田は暇《ひま》を持て余《あま》したのだろう。

すかーっと平和な顔で寝息《ねいき》を立てる野田を見ていると、ふと零の心に悪戯《いたずら》心が湧《わ》いてきた。

「クク……眠りから覚めた時、己《おのれ》の眼前に広がる残酷《ざんこく》な現実に打ちのめされるがいい……」

ウキウキと黒マジックを握《にぎ》りながら、さてどんな落書きをしてやろうと迷っていたところ、野田の唇《くちびる》から、不意にかすかな声が零《こぼ》れた。

「……みずき……」

「!?」

ギョッとして固まる零の前で、野田は瞳を閉じたまま、ふにゃりと頬《ほお》をゆるませた。

かと思うと、またポカンと口を開け、ゆっくりとお腹《なか》を上下させながら、すーすーと寝息を漏《も》らし始める。

（こいつ……聖サンの夢、見てる……？）

瑞姫の夢なんて自分だってしょっちゅう見てるけれど、それはつまり。

（やっぱり野田も、聖サンのこと好きなんじゃないか？　ちゃっかり名前で呼んでるし！）

先日、初恋《はつこい》の話題が出た時だって、野田はウルトラマンだなんて言ってたけど、自覚してないだけで本当は今、現在進行形で瑞姫なんじゃないかと、零は疑っている。

なんとなくの勘《かん》でしかない。ただ、野田はいつだってお気楽で奔放《ほんぽう》に好き勝手やってるけれど、瑞姫が一緒《いっしょ》にいると、とりわけ楽しそうに生き生きして見えるのだ。

（……疑心暗鬼《ぎしんあんき》でオレの目にフィルターかかってるだけかもしれないけど、さ……）

「──おい、起きろ、馬鹿《ばか》」

焦燥感《しょうそうかん》を持て余しながら野田の肩《かた》を揺《ゆ》さぶると、「う〜ん……」と唸《うな》りながらも、大きな瞳がゆっくりと開かれた。

「パープル……？」

「明日《あした》の歓迎会《かんげいかい》のお菓子《かし》、買いに行くんだろ？　時間なくなるよ？」

「あ、そうか。……よし、行こう！」

一回だけ大きくあくびをすると、野田は反動をつけて、勢いよく起き上がる。

「あのさ、今、なんの夢見てたの？」

思わず尋《たず》ねたところ、野田はキョトンとしたように首を傾《かし》げた。

「夢……？　ああ、なんか見てた気がするけど……忘れた！」

あっけらかんと言い放たれて、脱力《だつりょく》する。

「でも、いい夢だった。たぶん」

「あ、そう……」

買い出しは、野田や高嶋の家の近所でもある、学校から歩いて十五分ほどの商店街ですることにした。

通り沿いのドラッグストアで、ティッシュ五箱で百八十八円、というのを見て思わず零は足を止めかかる。

家族から、今日の帰り特売に寄って買ってくるように言われた近所のスーパーよりも安い……けれど、さすがに今、買う気にはならなかった。

荷物になるし、何より色々ダサい。そう思う。

明日は木下莉夢と名雪創思の歓迎会……といっても、飾《かざ》りつけした部室でみんなでお菓子を食べながら駄弁《だべ》るくらいで、大したことはしないのだが。

「一時はどうなることかと思ったけど、顧問もちゃんと決まったし、ほんとよかったな～」

「誰のせいであんなドタバタする羽目になったと思ってるんだよ？　まったく、勘弁《かんべん》してほしいね」

スーパーへ向かう道すがら、はあっとため息交じりに皮肉を言うと、野田は「すまん！

次から気を付ける」と悪びれることなく笑ってから、「……でも」とかすかに眉《まゆ》をひそめた。

「先週、名雪先生のところから戻《もど》ってきたピンク、なんかちょっと変だったよな」

「……そうだね」

こいつも気付いてたのか、と思いながら、相槌《あいづち》を打つ。

名雪先生に予定を聞きにいく役を買って出た瑞姫が、部室に戻ってきたのは、やけに時間が経《た》ってからだった。

どうしたのかと問うと、図書室に返し忘れていた本があったから寄って来たのだと説明されたけれど、瑞姫はその後もずっと、どことなく上の空に見えた。

（まさか……誰もいない物理準備室で、名雪に言い寄られたとか⁉）

新たに沸《わ》きおこった邪推《じゃすい》を、いやいや流石《さすが》にそれはないか、と抑《おさ》え込む。

（でも聖サン年上好きとか言ってたし……そうだ、年上……）

すかさず、先日密《ひそ》かに落ち込んだことを思い出してまた気分が塞《ふさ》いできた。

（まあ、年上好みなら、聖サンが野田に惹《ひ》かれるなんてことはまずないのか……）

上がったり下がったり、我ながら気分の変化の目まぐるしさにうんざりしながら悶々《もんもん》としていたところ——

「大和！　大和、助けて！」


半泣きの少年の声が響《ひび》いて、零はハッと我に返った。

見ると、どこか見覚えのあるような整った顔立ちの少年が、こちらに駆《か》けてくる。

歳《とし》は小学校低学年くらい……野田の近所の子だろうか。

「諒太《りょうた》、どうした⁉」

「チャコが溺《おぼ》れてる！」

少年に促《うなが》され、野田と零がすぐ傍《そば》の橋から下を覗《のぞ》き込むと、川面《かわも》で小犬が懸命《けんめい》にもがいているのが見えた。

橋から川面まではおそらく五メートル近くある。

飛び込むには、高い……零が欄干《らんかん》を握り締めたその時、ゴボッと小犬の頭が力尽《ちからつ》きたように水中に沈《しず》み込む。

瞬間《しゅんかん》、零のすぐ横から影《かげ》が飛び出し、赤白帽《ぼう》が宙に躍《おど》った。

☆★☆

ドボーン、と派手な水飛沫《みずしぶき》が上がるのを、一瞬だけ呆《ほう》けて眺《なが》めてから、零は慌《あわ》てて土手へと回り込んだ。

「野田！」

「大和ー！」

土手へとたどり着くと、ちょうど野田が、小犬を抱《だ》いて川から上がってくるところだった。

小犬は少し水を飲んだだけのようで、最初は怯《おび》えていたが、すぐに回復した。

町内の子ども数人で川原で面倒《めんどう》を見ていた捨て犬なのだが、諒太がようやく飼い主になってくれる人を見つけて、連れて行こうと来てみたら、流されていたらしい。

「うぬう、罪なき小犬を川に突《つ》き落とすとは……組織の奴《やつ》らめ！　どこまで卑劣《ひれつ》なんだ！」

「昨日の雨で増水した川にうっかり転落したんでしょ」

「ありがとう、大和！　やっぱ大和はすげー！」

「そうだろう、おれは世界一、いや銀河一のヒーローだからな！」

少年におだてられ、すっかりその気になって決めポーズをとる野田に、「馬鹿」と零は声を荒《あら》らげる。

「無茶《むちゃ》しすぎだよ。一歩間違《まちが》えれば大怪我《おおけが》してるよ!?」

「結局助かったんだからいいだろ。これにて一件落着！」


濡《ぬ》れた体操服を脱《ぬ》いでジャーッと絞《しぼ》りつつ、からりと言い放つ野田を見ながら、零の胸には複雑な感情が渦巻《うずま》いていた。

野田は馬鹿で単純で無鉄砲《むてっぽう》だけど——すごい奴だ。

認めたくないけど、絶対口には出さないけど、認めざるを得ない。

どこまでもまっすぐで、恐《おそ》れを知らなくて……その躊躇《ちゅうちょ》なく先へと踏《ふ》み出す力が、どうしようもなく眩《まぶ》しくて、苛立《いらだ》たしかった。

こいつなら、下らないことでぐるぐる悩《なや》んだりしない。

どんな無茶でも不可能に思えることでも、本気になったらなんでも叶《かな》えてしまいそうな気がした。

転校騒動《そうどう》の時の、雨の中で瑞姫を抱き締《し》める野田の映像がフラッシュバックして、苦いものがこみ上げる。瑞姫の泣き顔を見て、零だって居てもたってもいられない気持ちになったけど、実際に誰《だれ》より早く動いたのは野田だった……。

「諒太は、智樹の弟なんだぜ」

「……へえ。言われてみれば、似てたかもね」

小犬を抱いて去っていった少年を見送りながら、野田に説明されて、返した言葉は素っ気なく響いた。

「どうした、パープル？」

「なんでもない。ほら、さっさと買い出しいこう」

「ああ……って、ん？」

野田が面食《めんく》らったような顔で、ポケットに手を突っ込む。

「あれ？　……ええ？」

焦《あせ》ったように両手でポケットを探《さぐ》り、ひっくり返す野田の面《おもて》が、みるみる青ざめていった。

嫌《いや》な予感に襲《おそ》われながら、「もしかして……」と零は自分の眉間《みけん》を指で押さえる。

「お金、落とした？」

「すまん……たぶん、スマホも一緒《いっしょ》に……飛び込んだ時に……」

頬《ほお》を引きつらせた野田が指さした川は、深く淀《よど》んで、落とし物を探すなど到底《とうてい》できそうになかった。

「――この馬鹿《ばか》！」

「悪い！　どうしよう、パープル？」

「……スマホはどうしようもないね。お菓子《かし》代くらいなら、仕方ないからオレが立て替《か》えて……」

あわあわと動揺《どうよう》する野田に舌打ちしながら、財布《さいふ》を開けて、思わず絶句した。

「……四十八円……。パープル……」

「たまたま！　今日は家に置いてきただけで、帰ったらちゃんとあるんだからね！　これが全財産とかじゃないから！」

同情したような眼差《まなざ》しを向けられて必死で言い返すと、野田は「あ、そうか」と大きな目を瞬《またた》いた。

「おれも家に戻《もど》れば小遣《こづか》いがあるし。たぶん足りる……はず？　ま、少しくらいなら生活費回せるしな！」

「…………」

「そうと決まったら、行こう。悪いなパープル、ちょっと遠回りになるけど……」

「待て。とりあえず、一度部に戻ろうよ」

「だが、部費を失《な》くしたのはおれの責任だし……」

「そーゆーのはムカつくからやめろって言ってるんだよ」

「なんだよ、ムカつくって」

むっとしたように口をとがらせる野田には答えず、何かいい方法はないかと視線を巡《めぐ》らせた零は、ふとある一か所に釘付《くぎづ》けになる。

「野田。ここは、オレに任せてもらおうか」

零が親指で示してみせたのは、道端《みちばた》に臨時で設けられた——抽選《ちゅうせん》ダーツコーナー。

☆★☆

商店街で買い物した金額が五百円を超《こ》えるごとに一回できるというそのダーツは、三位に「豪華《ごうか》！　お菓子の詰《つ》め合わせセット」があった。

賞品棚《だな》に載《の》った現品を見ても、質・量ともに十分だ。

「何を隠《かく》そう今オレの手元には、財布とは別に、親から買い物用として渡《わた》された資金が七百円ある。これを勝手にお菓子代に立て替えることはできないが、指定されていた商品を激安セール開催中《かいさいちゅう》のこの地でそろえることには、なんの問題も生じないはずだ」

「なるほど！　チャンスはわずか一回だが……パープルは、ダーツ得意なのか？」

「無論……闇《やみ》社会の嗜《たしな》みだからね」

ティッシュにトイレットペーパー、洗剤《せんざい》……と、頼《たの》まれていた商品を全部買うと、予定通りダーツの抽選券が一枚、手に入った。

アニメや映画の悪役キャラたちが、薄暗《うすぐら》いバーでダーツに興じる……そんなよくあるシーンに憧《あこが》れて、零が百均で買ったダーツセットで練習に励《はげ》んでいたのは二年ほど前のこと。

三日で飽《あ》きたけれど、彼の脳内では、すっかり自分は無造作に投げた矢が百発百中で的に命中する一流の暗殺者となっていた。

ダーツの的は順位によって色分けされており、三位は、ピンク色のゾーン。

よし、いくぞ……と的に向かって矢を構えたその時。

「じゃあ、ルーレット、スタート！」

商店街のロゴ入りエプロンを着たおじちゃんが、勢いよく的を回転させる。

（ゲッ、回すの⁉）

ぐるぐるとすごい速さで回る的では、色分けされたゾーンも混ざり合い、もはや特定の賞品を狙《ねら》うなんて不可能。

（完全に運ゲーじゃないか！　ええい、どうにでもなれ！）

自棄《やけ》になって投げた矢は、ザクッと見事に的に刺《さ》さった。

しかし、まだ回転していて何色に刺さったかは不明だ。果たして、結果は――⁉

徐々《じょじょ》に回転が遅《おそ》くなるルーレット。

（……駄目《だめ》だったか……！）

ピンク色のゾーンには刺さっていないことがわかり、零は肩《かた》を落としたが……。

「おめでとうございまーす。一位！　ペアで一泊《いっぱく》温泉旅行でーす！」

おじちゃんがジャラジャラとハンドベルを鳴らしながら叫《さけ》ぶと、脳内にひゅるるるる……ドドーン！　と大きな打ち上げ花火が炸裂《さくれつ》した。

（……一　泊　温　泉　旅　行……！）

直後、零の目の前に、情緒《じょうちょ》あふれる純和風の旅館が、湯けむりとともに浮《う》かび上がる。

灯籠《とうろう》の置かれた和室。

きちんと並べられた二組の布団《ふとん》。

風呂《ふろ》あがり、ほのかに上気した肌《はだ》に浴衣《ゆかた》をまとった濡《ぬ》れ髪《がみ》の瑞姫が、パタパタとうちわで扇《あお》ぎながら、はにかんだように微笑《ほほえ》む。

『……二人っきりだね……』

ふわりと漂《ただよ》ってくる石鹼《せっけん》の香《かお》り。どこか潤《うる》んだような熱を帯びた眼差し。

『――聖サンっ……（がばっ）』
『九十九君っ……（ひしっ）』
そして二人はめくるめく発熱と恍惚《こうこつ》に溺《おぼ》れるエンドレス・ヘブンへ……☆☆☆
（うおおおおおおおおお……！）

「パープル！　しっかりしろ、パープル！」

ガックガックと激しく揺《ゆ》さぶられて、零は妄想《もうそう》から呼び戻された。

野田が眉《まゆ》を寄せて、こちらを覗き込んでいる。

「……すみません。これ、三位のお菓子に取り替えてもらえますか？」

零が泣く泣くそう申し出ると、おじちゃんは「ええっ」と目を丸くした。

「いいのかい？　なんなら、二位のプール付きテーマパークのペア入園券にしてもいいけど……」

「……！」

抽選会
1等…
2等…
ハーベス
カルピス
ポテトチップス
コンソメパン

一瞬《いっしゅん》にして今度は色々な水着姿の瑞姫の幻影《げんえい》がぶわっと押し寄せたけれど、断腸の思いで「……お菓子でいいです！」と誘惑《ゆうわく》に打ち克《か》った。


「すごいぜパープル！　助かった！」

「フッ、これくらい、どうってことないけど？」

たくさんのお菓子《かし》が詰めこまれた袋《ふくろ》を抱《だ》き締《し》めながら大喜びする野田に、得意げな笑《え》みを返しながら、零は内心では未練たらたらだった。

（温泉とか！　なんでこんな時に当たるんだよ。ついてねえ～～！）

「あ、この梅味の煎餅《せんべい》、ピンクが好きなやつだ」

「……本当だ」

瑞姫が嬉《うれ》しそうに目を和《なご》ませながら煎餅をかじる様子を思い出して、ささくれだった心が癒《い》やされるのを感じる。

（とりあえず、野田にだけいい恰好《かっこう》させずにすんだから、良しとしよう……）

そんなことを思いながら、ティッシュやトイレットペーパーを両手に提《さ》げて帰途《きと》についていたところ、零のスマホの着信音が鳴り出した。液晶《えきしよう》画面を確認《かくにん》して、息をのむ。

（えっ、聖サン⁉）

「——もしもし？」

初めての瑞姫からの電話に、多少緊張《きんちよう》しながら応じると、『九十九君？』といつもとは少し違《ちが》った彼女の声が耳元で響《ひび》いて、ドキドキした。

電話越《ご》しだとこんな声になるんだ……それにしても聖サンの声って可愛《かわい》いよな……そんなことを考えつつ、「うん。何？」と答えた相槌《あいづち》が、変に弾《はず》んでないか心配になる。

『野田君と買い出しに行ってるんだよね？』

「そうだよ。そっちはもう委員会終わったんだ？」

『うん、みんなちょうど終わって、これから部室の飾《かざ》りつけしようとしてたんだけど……あのね、お菓子代の入った封筒《ふうとう》が、床《ゆか》に落ちてたの。野田君のスマホも』

「…………は⁉」

「そうか、もともと忘れてきてたのか！　よかった！」

スマホから漏《も》れた瑞姫の声が聞こえたのだろう、顔を輝《かがや》かせる野田に、反射的に「野田あああああ！」とつかみかかっていた。

「お、落ち着け、パープル！」

『九十九君!?』

戸惑《とまど》ったような瑞姫の声が響いたけれど、フォローする余裕《よゆう》もなく、思わずガクリとへたり込む。

「オレの一泊温泉旅行……！　プール付きテーマパーク……！」

楽園の幻《まぼろし》は、もう手の届かない遥《はる》か彼方《かなた》に消えていた。

☆★☆

（……まあ、どうせ誘《さそ》えるわけなかったけどね……）

自分にそう言い聞かせながら、日が暮れ始めた帰り道を、トボトボと再び歩き出す。

「すまん、パープル。そんなに温泉やプールに行きたかったのか……ん？」

袋を抱えていない方の手で拝んでいた野田が、ふと、眉をひそめた。

今度はなんだ、と思わず身構えていたら――

「思い出した！」

野田が、パッと顔を輝かせる。

「何を？」

「部室で寝《ね》てる時、見てた夢。みんなでプール行く夢だった！　で、夢の中でパープルが水着忘れてさ～、タオルを巻いて泳ぐとか言って……」

ククッと思い出し笑いをしながらしゃべる野田の言葉に、ポカンと口を開ける零。

（――もしかして、『瑞姫』じゃなくて、『水着』って言ってた？　……呼び捨てにしてたわけじゃなかったのか）

「なあ、パープル。温泉旅行は無理かもしれないけど、今年の夏こそプール行こうぜ！　もしくは海！　あ～、でも山もいいな。野外訓練！　夜はキャンプしたりして……とにかく、あちこち行って修行《しゅぎょう》しよう！　ピンクや莉々夢も誘って、みんなでさ」

「……まあ、おまえにしては悪くないアイディアなんじゃない？」

「乗り気じゃなければ無理にとは言わんが」

「行くよ！　行ってやるから絶対計画しろよ！」

「ああ、トレーニングのプランは任せろ！」

「そっちは考えなくていいから」


「楽しみだな～」と、夕日に全身を染めながら笑う野田を横目で見てから。

零は肩《かた》をすくめて、「……それなりにね」と呟《つぶや》いた。

あとがき

こんにちは。藤並《となみ》みなとです。小説「厨病激発《ちゅうびょうげきはつ》ボーイ」の六巻目に相当するこの巻から、れるりりさんの新曲「青春症候群《せいしゅんしょうこうぐん》」が副題につくようになりました。表紙の雰囲気《ふんいき》もリニューアル。穂嶋《ほしま》さんの超《ちょう》イケメンな男子二人＋こじみるくさんの可愛《かわい》いにもほどがあるちびキャラたちの共演、最っっっ高！　ですね。配色やタイトル配置もポップでインパクト抜群《ばつぐん》で、神カバーだと思います。ありがたや～（拝）

そしてこの度《たび》、新ステージ開幕を記念して、「厨病激発ボーイ」キャラクター人気投票を開催《かいさい》します！　応募《おうぼ》期間は二〇一八年一月五日から二月五日まで。角川ビーンズ文庫の公式ホームページから手軽に投票できますので、是非是非《ぜひぜひ》、皆様《みなさま》の好きなキャラを教えてくださいませ。ちなみに私は小学生時代、自分で描《か》いていた自分しか読まない漫画《まんが》で自分一人で人気投票をして、その結果をまた「一位、〇〇さん！」「ええっ、私でいいの⁉」みたいに漫画にしていた恥《は》ずかしすぎる思い出があります。創作系の黒歴史なら中村《なかむら》にも負けないぜ！　今回はそんな票数操作《そうさ》は行いませんし（笑）特典として、一位になったキャラを主役にしたお話を書き下ろしますので、どうか奮《ふる》ってご参加ください。

御礼《おれい》コーナー。原曲のれるりり様（新曲のデモ音源が聴《き》けたのは役得でした）、イラストの穂嶋様（新衣装《いしょう》どれもオシャレで個性が光って大好きです）、イラストカットのこじみるく様（あまりの天使っぷりに語彙力《ごいりょく》が消失します。かわいい）、担当の山内様《やまうち》（合作表紙のアイディア、天才か！　と思いました）、デザインの仲童舎様《しんどうしゃ》（いつも感激の出来《でき》栄《ば》えなのですが、今回は特にふおおっと昂《たかぶ》りました）、校正様、れるりりさんの事務所の方々、ビーンズ文庫編集部の方々、営業様、印刷所様、書店員様……関係者の皆様に、心から感謝申し上げます。

家族、親戚《しんせき》、友人も、いつもありがとう。

お手紙をくださる読者様。「厨病」がこんなに長く続いているのも、皆様の応援《おうえん》のおかげです。私は物心ついてからずっと物語世界が大好きなのですが、十代の頃《ころ》に夢中になっていた作品は今でも特別な存在で。あの頃の私がわくわくしながら読んでいたように、皆様に楽しんでいただけてるのかなと思うと、すごく幸せだし、勇気になります。本当に、ありがとうございます。

もちろん、今読んでくださっている貴方《あなた》にも、最大級の感謝を。

アンケートなどによると男女問わず、小学生から親御《おやご》さん世代まで、幅広《はばひろ》い方々にご愛読いただけているようでうれしい限りです。重ね重ね、御礼申し上げます……！

お知らせです。なんと「厨病」の参考書を作っていただきました。厨学、もとい中学の数学と英語。基礎《きそ》の復習にぴったりで勉強になるのはもちろん、表紙は穂嶋さんの新イラストで、中にはこじみるくさんのちびキャラ満載《まんさい》。厨病ボーイズのお馬鹿《ばか》で楽しい台詞《せりふ》がちりばめられていて、ファンアイテムとしても良い感じです。私も短編を一本ずつ書き下ろしたので、よろしければチェックしてみてください。

今回からゴスロリ少女と怪《あや》しい先生が加入しましたが、次回も新キャラ君が登場します。タイトルは「厨病激発ボーイ　青春症候群２」。

相変わらず厨二病全開だけど、少しずつ成長している気もする彼らの二年生編も、何卒《なにとぞ》よろしくお願いします。

藤並みなと

れるりりさん
コメント

こんにちは、れるりりです。(^ω^)

厨病激発ボーイの6巻お買い上げありがとうございます。

皆さんは最近厨病ライフ満喫してますか？

僕は先日、膝を思いっきりぶつけて内出血して動かなくなり松葉杖生活を送ることになったのですが「松葉杖使って歩いてる俺も、ちょっとカッコいいかも!?」って思ったんだけど実際すごい不便だし疲れるしで1ミリも良いことがありませんでした。

厨病気取るのも楽じゃないですね。それでは皆さん怪我には気をつけてね〜(^ω^)/

れるりり

「厨病激発ボーイ 青春症候群」の感想をお寄せください。
おたよりのあて先
〒102-8078 東京都千代田区富士見1-8-19
株式会社KADOKAWA 角川ビーンズ文庫編集部気付
「れるりり」先生・「藤並みなと」先生・「穂嶋」先生
また、編集部へのご意見ご希望は、同じ住所で「ビーンズ文庫編集部」
までお寄せください。

厨病激発《ちゅうびょうげきはつ》ボーイ 青春症候群《せいしゅんしょうこうぐん》

原案/れるりり(Kitty creators) 著/藤並《となみ》みなと

角川ビーンズ文庫 BB507-6 20724

平成30年1月1日 初版発行
令和元年9月15日 4版発行

発行者――――三坂泰二
発 行――――株式会社KADOKAWA
〒102-8177 東京都千代田区富士見2-13-3
電話 0570-002-301(ナビダイヤル)
印刷所――――暁印刷 製本所――――BBC
装幀者――――micro fish

ISBN978-4-04-105625-7 C0193 定価はカバーに表示してあります。

厨二病男子たちの前に
新たな強敵《こうはい》登場!?
厨《ちゅう》病《びょう》激《げき》発《はつ》ボーイ
青春症候群
2
原案：れるりり(Kitty creators)
著：藤並みなと
好評発売中
です♡

「脳漿炸裂ガール」「厨病激発ボーイ」に続く、
新たなる、れるりりワールド!!
僕がモンスターになった日
原案：れるりり
(Kitty creators)
著：時田とおる
イラスト：MW
(Kitty creators)
①②巻
大好評
発売中!!
疾斗が目を覚ますと、
幼なじみの護、美少女・
つかさ、生徒会長の悠
弦、お調子者の功樹の
姿が。共通点はゲーム
で『レベル99』になっ
たこと。そこで突然モ
ンスターに襲われ、魔
王を倒すまで出られな
いと知り……!?
角川ビーンズ文庫

第19回
角川ビーンズ小説大賞
原稿募集中！
カクヨムからも応募できます！
ここが「作家」の第一歩！
賞金
大賞100万円
優秀賞 30万円
奨励賞 20万円
読者賞 10万円
締切
郵 送：2020年3月31日（当日消印有効）
WEB：2020年3月31日（23：59まで）
発表
2020年9月発表（予定）
応募の詳細は角川ビーンズ文庫公式HPで随時お知らせいたします。
https://beans.kadokawa.co.jp/
イラスト／たま